Céline Dion

Loïc Tremblay

Céline Dion

Entre rêve et réalité

Inédit

Introduction

Las Vegas, mars 2005. Les lumières se sont éteintes sur la grande scène du Caesars Palace. Du haut de la salle, un murmure s'élève lentement, et se transforme en l'espace de quelques minutes en une immense rumeur : « Céline ! Céline ! Céline ! » Debout, seule dans la lumière, se dessine une silhouette gracile, affaiblie par plus de deux heures éprouvantes de performance sur scène. Céline Dion se penche en avant vers la foule. Au premier rang, son regard croise le sourire radieux de l'homme de sa vie. René Angélil, toujours présent, est là pour l'encourager et la soutenir. Marc, le bassiste de son groupe, fait quelques pas en avant et lui glisse à l'oreille : « Allez, Céline, encore une pour la route ! »

Elle sourit et enchaîne les premières notes, *a cappella*, de « My Heart Will Go On », la chanson qui l'a révélée aux États-Unis dans *Titanic*. Marc, puis Dom, le batteur, se joignent à elle. Une lumière tamisée plonge le public dans une ambiance intime et chaleureuse. Plus de quatre mille personnes retiennent leur souffle quand elle entame le couplet si connu de ce tube planétaire. Sa voix claire, puissante, « chaude et pleine », comme le dit son ami Michel Drucker, emplit désormais toute la salle. Il est bientôt minuit et le public de Las Vegas est conscient de vivre un moment magique.

Dans une heure, elle pourra enfin congédier la nounou de René-Charles, et s'occuper de ce fils qu'elle a tant désiré. Céline Dion est une femme comblée : adulée par la planète entière, amie des plus grands, et choyée par sa famille qui lui a toujours servi de repère dans sa carrière fulgurante.

Dans la loge, quelques instants plus tard, un grand bouquet de roses blanches orne la large table de maquillage immaculée.

Un mot, signé de Barbra Streisand, la félicite pour sa série de concerts à Las Vegas. Céline Dion est d'autant plus touchée que la ténor américaine est à l'origine de sa vocation artistique : une star inaccessible qui s'est mue en modèle à suivre, puis en amie proche et même en collaboratrice.

De l'autre côté des murs, les machines à sous crépitent, les tapis de jeux se remplissent de clients invétérés, et les spectateurs de son show s'éparpillent, encore ébahis par la prestation de la diva canadienne. On tape à la porte : c'est sa mère, Thérèse, accompagnée de sa sœur Claudette, qui a fait un saut dans la capitale mondiale du jeu pour voir la petite dernière et partager son bonheur. Dans le sourire de Claudette, Céline Dion retrouve avec émotion tout ce qui unit si fortement la fratrie des Dion, depuis Adhémar, le père musicien de bal, jusqu'à Michel, le grand frère tourneur québécois qui l'a mise sur la bonne voie dans le monde cruel du show-business. Une famille où la musique est plus qu'un loisir : un véritable sacerdoce, un art de vivre.

Céline sort seule dans la rue et s'accorde une pause de quelques minutes avant de revenir dans sa suite du Caesars Palace qu'elle habite depuis maintenant plusieurs années. Elle est au firmament du succès et rien ne pourrait l'en éloigner : une trentaine d'albums produits, plus de 170 millions vendus, une voix en or (en « platine », rectifierait son ami Garou) et une cote de sympathie qui ne cesse d'augmenter à chacune de ses apparitions publiques. D'une enfant chétive et dilettante, elle est devenue un vrai prodige puis une femme accomplie, resplendissante de lumière, qui a su gérer sa part d'ombre comme ses succès, aimer les siens, aider les plus faibles et se faire accepter par les puissants.

Le claquement de la porte des entrées des artistes la ramène à la réalité, et la buée qui avait ourlé ses yeux disparaît soudainement : c'est la nounou qui lui amène son petit René-Charles dans les bras. Céline l'enlace tendrement et retombe en enfance en l'espace de quelques instants.

Chapitre 1

La joyeuse ribambelle

En 1968, les premiers échos d'une jeune révolution résonnent dans les rues de Paris. Alors que certains rêvent de créer une société nouvelle, de l'autre côté de l'Atlantique les préoccupations sont bien différentes. Au Canada, et plus précisément au Québec, le calme est un art de vivre. L'image d'un pays neigeux, accueillant, où les habitants se tutoient tous et mangent de larges tartines arrosées au sirop d'érable, n'est pas seulement un cliché – c'est aussi une réalité...

Autour de Thérèse Dion, il y a toujours une horde d'enfants, et l'ambiance familiale est encore plus chaleureuse que dans les autres foyers du village. Charlemagne est un petit bourg de 6 000 habitants, situé à une quarantaine de kilomètres de la capitale du Québec francophone, Montréal. Ici, la chaleur est dans le cœur des gens, pas dans les rues froides où s'engouffre un vent d'hiver glacial.

Adhémar, l'heureux père d'une fratrie remuante de treize enfants, est musicien. Son groupe, l'ensemble A. Dion, mène la danse dans tous les villages de la région. Pour lui, rien de tel que la musique pour faire une fête de chaque jour dans la maison familiale.

Pourtant, la vie n'est pas facile tous les jours : autant de bouches à nourrir, même quand on vit à la campagne, représentent un véritable défi. Thérèse, la mère, a le tempérament d'une battante, qui ne se laisse jamais aller au désespoir et qui réagit à l'adversité en luttant pour trouver les moyens financiers et humains de continuer cette magnifique aventure familiale. Adhémar, le père, voit la vie du bon côté : plus réservé et effacé, il laisse à son épouse le soin de gérer la vie de cette communauté, et préfère dédramatiser les situations plutôt que de les affronter. Adhémar et Thérèse forment un couple fusionnel, complémentaire, et d'une bonté débordante.

Il ne faut donc pas aller chercher très loin pour comprendre d'où vient le tempérament exceptionnel de Céline Dion, fille de Thérèse et Adhémar, dont elle a su puiser la force de vivre, la joie de chanter et la bonté de donner et recevoir. Quand, durant l'été 1967, Thérèse apprend qu'elle est de nouveau enceinte de Céline, elle a pourtant un passage à vide : un quatorzième bambin, quand il est déjà difficile de nourrir les treize autres, ce n'est pas obligatoirement une bonne nouvelle. Mais chez les Dion, le blues ne dure jamais très longtemps et, même si elle n'était pas désirée, Céline sera malgré tout une enfant de l'amour, comme tous ses frères et sœurs. Le 30 mars 1968, elle pousse son premier cri à l'hôpital Le Gardeur, situé à quelques minutes du domicile familial.

Comme elle l'évoque, cette naissance a été un moment difficile pour Thérèse, sa mère. Céline Dion va même jusqu'à dire qu'elle a été « une erreur, un accident, et pour [sa] mère, un sérieux embarras » [1]. Ce qui n'empêche pas la petite famille de reprendre le cours de sa vie le plus rapidement possible. Dès le retour de l'hôpital, Thérèse prépare un grand goûter d'anniversaire : le 4 avril 1968, c'est jour de fête pour les deux jumeaux de la famille, Paul et Pauline, nés six ans plus tôt, et jusque-là petits derniers de la fratrie... Autour de la table, tous les Dion sont présents : Denise, la sœur aînée, Clément, Claudette, Liette, Michel, l'artiste le plus confirmé de tous, Louise, Jacques, Daniel, Ghislaine, Linda, Manon et, bien sûr, les jumeaux Paul et Pauline, assis à côté d'Adhémar, le père. De quoi animer la grande table ovale qui les réunit tous ensemble pour cette double fête. Thérèse, tout juste sortie de la maternité, s'active déjà aux fourneaux, où elle prépare le traditionnel gâteau au chocolat qu'elle confectionne à chaque anniversaire de ses enfants. Elle connaît la recette par cœur : elle n'en fait pas moins de douze fois par an au minimum !

Ce sentiment de ne pas avoir été désirée va hanter Céline Dion dès son plus jeune âge. Non pas que ses parents et sa famille ne soient pas aux petits soins pour la dernière ; mais elle pense être un poids de plus à porter pour les frêles épaules de sa mère. Inconsciemment, ces premières années vont avoir une importance considérable sur la trajectoire de l'artiste. Rêveuse, et même un peu paresseuse à l'école, elle se rend très vite compte qu'il va lui falloir s'assumer au maximum,

1. *Ma vie, mon rêve*, Céline Dion, éditions Robert Laffont, 2003.

afin de ne pas reporter ses problèmes sur sa famille qui est déjà très occupée par toute la fratrie.

Afin de ne pas donner plus de soucis à ses proches, Céline Dion va ainsi prendre le parti de l'humour. Ses frères s'en souviennent encore : Céline est tout de suite devenue la comique de la famille qui apportait un peu de bonne humeur à chacune de ses saillies en public.

Pourtant, Céline Dion aurait pu ne pas devenir la star internationale que l'on connaît à cause d'un accident qui aurait pu lui coûter la vie dès ses premières années d'existence. À deux ans, elle est renversée par une voiture dans la cour de la maison. Tous la donnent pour morte ; elle n'aura qu'une légère commotion cérébrale même si les médecins avoueront qu'elle n'est pas passée loin de la catastrophe. Pour l'anecdote, le chauffard mis en cause était un membre éminent de la pègre locale qui a failli ce jour-là se faire arrêter par la police pour ce simple accident...

Dans les années qui suivent, la petite Céline découvre la musique. Elle se souvient d'une « maison du bonheur » où toutes les musiques se croisaient dans une joyeuse cacophonie : « J'ai eu cette chance extraordinaire de naître dans une maison remplie de musique et de chansons du matin au soir[1]. » Outre les grands classiques de l'époque au Canada (Ginette Reno en tête), la famille de Céline a des goûts très éclectiques, de Jimi Hendrix aux Beatles en passant par Barbra Streisand, les Rolling Stones ou Frank Sinatra. C'est à cette époque que Céline découvre le rock'n'roll, une musique qu'elle aimera toute sa vie passionnément. Ce mode de vie, un peu bohème, va encore s'accentuer quand toute la famille va déménager vers le centre de la ville, tout près de la rue Notre-Dame. Cette nouvelle maison est un refuge situé en pleine rue commerçante, au beau milieu des klaxons de voitures et des harangues des marchands de quatre-saisons. C'est un nouveau rythme de vie que s'imposent les Dion, et Céline va calquer les premières années de sa vie sur l'existence un peu folle que vit cette famille hors du commun.

Enfant, Céline Dion ne fait rien comme les autres : l'école l'ennuie, elle n'a que peu d'amies dans le cadre scolaire, elle veille très tard à écouter ses frères et sœurs jouer de la musique. Avec un tel mode de vie, elle prend goût à une valeur universelle : la liberté. Chez elle, la liberté et le respect d'autrui vont ainsi prendre des dimensions toutes particuliè-

1. *Ma vie, mon rêve, op. cit.*

res dès le tout début de son enfance. Respect de l'autre, de son espace vital, de ses passions, dans cette petite maison où cohabitent tant de singularités ; liberté d'une enfant qui mûrit vite et assume ses choix et ceux de sa famille, envers et contre tous les bien-pensants. En trente-six ans, Céline Dion n'a jamais trahi ces valeurs que ses parents lui ont inculquées.

Un air de musique qui trotte toujours dans la tête, elle a poussé la chansonnette avant même de savoir parler. Si la légende a la peau dure, il faut dire que la jeune chanteuse a fait ses premiers pas sur scène dès l'âge de cinq ans, en 1973, lors du mariage de son frère Michel, qui était aussi son parrain. En ce 18 août, la petite dernière de la famille émeut l'assistance en interprétant parfaitement le succès de Nicoletta, « Mamy Blue », ainsi qu'une chanson folklorique de la région chère à son père. Céline Dion est faite pour la scène ; elle n'en redescendra quasiment jamais plus.

Chapitre 2

Une enfant du Québec

Le Québec est, au-delà de son cercle familial, la chose la plus importante qui ait forgé la personnalité de Céline Dion. Pour ceux qui connaissent cette partie du Canada, il est évident que rares sont les régions qui ont une si forte identité. Les Canadiens sont formels : ils doivent beaucoup à leur pays. Tout à la fois indépendantiste dans l'idée et très progressiste dans les faits, le peuple québécois est majoritairement francophone (même si Montréal est divisé en deux parties bien distinctes : « anglo » et « franco ») et se plaît à entretenir cette différence culturelle.

Être québécois francophone, comme le dit un humoriste du cru, c'est « être le cul entre deux chaises : le tabouret d'un bistro Dépanneur [1] et le fauteuil en cuir blanc de la Maison Blanche ! ». On va retrouver ce même tiraillement dans la trajectoire artistique de Céline Dion, enfant du pays qui aura parfois du mal à choisir entre la simplicité de son pays d'origine et les paillettes des États-Unis, qu'elle a conquis quelques années après le début de sa carrière.

Céline Dion a commencé à aimer la musique dès sa plus tendre enfance : elle a écouté ses parents chanter, danser, rire et évoquer les vedettes de son pays. À cette époque, c'est Ginette Reno qui fait les couvertures des journaux et remplit les salles de concert. Ginette Reno, c'est un peu notre Lisette Jambel ou notre Mireille hexagonales : une bonne dose d'humour, une voix gouailleuse qui raconte la vie sous toutes ses formes, et une sympathie immédiate dès le premier sourire. Ginette Reno a d'ailleurs été plus qu'un simple exemple pour Céline Dion, elle en a été la directe inspiratrice.

Pour mieux comprendre l'articulation qui s'est faite entre

---

1. Dépanneur : petite échoppe qui vend de tout jusque tard dans la nuit ; élément incontournable de la vie de quartier à Montréal.

ces deux enfants du pays, il suffit de retrouver le nom du manager de Ginette Reno. Un certain René Angélil, qui dirigera d'une main de fer la trajectoire de ce mythe québécois jusqu'à ce qu'il rencontre une nouvelle muse... Céline Dion ! En effet, après avoir relancé la carrière de Ginette Reno et l'avoir propulsée tout en haut des charts canadiens (avec « Je ne suis qu'une chanson »), il glissera vers le talent plus frais et remuant de la toute jeune Céline Dion. Une enfant qui, quelques années auparavant, avait l'habitude de chanter devant le public familial le tube de Ginette Reno, « Du fil, des aiguilles et du coton ».

L'importance de Ginette Reno va même au-delà de cette simple unité de production. Ginette Reno a été celle qui a ouvert le champ de la chanson québécoise à l'international. Avant elle, peu de chanteurs ou chanteuses locaux auraient pensé connaître un si grand succès local et s'exporter vers l'étranger. Bien sûr, Diane Tell ou Céline Dion dérouleront le tapis rouge pour les générations futures d'Isabelle Boulay, Garou et autres Collocs, mais Ginette Reno est historiquement la première à avoir instillé du rêve dans la tête des grandes voix québécoises. Avec, en filigrane, une certitude : on peut être québécois, fier de l'être, le crier haut et fort, et aller porter la bonne parole au-delà des frontières.

Le folklore québécois est très important dans la trajectoire de la chanteuse, et ce dès les premières années d'artiste de Céline Dion. Ses parents, avec leur groupe, jouent chaque soir au « Vieux Baril », leur bar, des chansons du folklore montréalais, reprennent les tubes de Ginette Reno (comme « J'ai besoin d'un ami », que Céline affectionne particulièrement), et invitent toutes sortes de chanteurs du quartier possédant une véritable popularité dans toute la région québécoise. De nos jours, il est aisé de retrouver une telle ambiance et une telle chaleur perpétuant cette tradition dans les bars de Montréal. Le plus connu, situé sur la grande artère de Saint-Denis, est « Le Petit Bar », un bar de chansonniers incontournable qu'ont beaucoup fréquenté les Dion. C'est là, en effet, que se faisaient les connexions entre musiciens du pays et chanteurs-compositeurs. Aller faire un tour par ce bar quand on passe à Montréal est un moment inoubliable qui donne une image très précise de ce qu'ont pu être les premières années de Céline Dion au « Vieux Baril » : un mélange de chansons folkloriques, de gouaille locale où tout le monde s'apostrophe entre les concerts avec sympathie, et de quelques titres dansants puisés dans le répertoire anglophone.

Si elle a toujours été québécoise de cœur, l'histoire d'amour qui lie le Québec et Céline Dion n'a pas toujours été au beau fixe. En effet, le succès aidant, une évidence s'imposait à Céline Dion et son équipe : le Canada était devenu trop petit pour son ambition et son talent. Cependant, si Céline a trouvé d'autres pays d'adoption (comme la France et les États-Unis), elle a toujours su revenir à temps à ses racines et gérer la sensibilité parfois exacerbée du peuple québécois.

Dans la liste de ses petites anicroches avec le Québec, le premier faux pas notoire qu'elle commet a lieu durant l'année 1990, quand paraît *Unison*, son grand projet anglophone. Le public québécois a du mal à accepter que son enfant chérie, découverte et élevée au grand air canadien, devienne une artiste anglophone. Céline Dion, en bonne communicante, rectifiera le tir dans la foulée, à la remise des Félix (l'équivalent canadien des « Victoires de la Musique »), en refusant le prix de l'interprète d'expression anglaise. Elle lancera sur scène un fracassant : « Je ne suis pas une anglophone. Partout dans le monde, je dis que je suis une Québécoise. »

Céline Dion saura, tout au long de sa carrière, ménager les susceptibilités de ses compatriotes. En 1991, on l'accuse même de démagogie quand elle entre sur la grande scène de Montréal habillée... d'un maillot de hockey de l'équipe canadienne et en brandissant un grand drapeau québécois. Pourtant, l'artiste est franche quant à son engagement pour un Québec et un monde meilleurs, où les gens ne seraient plus séparés par des problèmes de nationalité. Une position médiane qui lui permettra, en 1992, de rattraper une phrase trop vite lancée, où elle se prononçait contre l'indépendance du Québec. Ce crime de lèse-majesté avait failli lui valoir sa popularité énorme dans sa patrie ; elle avait alors dû désamorcer la polémique en revenant de tournée en catastrophe pour démentir devant la presse...

Le coup d'éclat de Céline Dion vis-à-vis de son pays d'origine est à dater du réveillon du 31 décembre 1999. Ce soir-là, jour du nouveau millénaire, elle convoque la presse et le public québécois à une grande fête gratuite. Car, au-delà du simple changement de siècle, cette date est très importante dans sa carrière : elle a décidé de se mettre au vert provisoirement pour quelques années afin de créer une famille avec son amour de toujours, René. Et, pour annoncer la grande nouvelle, elle a choisi un lieu très spécial : la grande salle en plein air de Montréal, qui est aussi la scène centrale des festivités du nouveau millénaire. L'émotion peut se lire sur le visage de la chanteuse : les larmes coulent sur ses joues dès les premières secondes du concert. Celle qu'on appelait « la pleureuse » au début des années 1980 (réputation largement justifiée par le fait qu'elle ne pouvait pas passer un concert ou une émission de télévision sans verser une larme) est ce soir-là d'une sincérité bouleversante : c'est au peuple qui l'a portée dès les premières années qu'elle est venue dire qu'elle s'en allait, pour paraphraser Gainsbourg, dont elle cite à merveille cette chanson en cette occasion. Une communion intense et un grand frisson parcourent alors le public : ils savent qu'ils ne reverront pas l'enfant du pays de sitôt et qu'elle leur offre ici un véritable hommage aux Canadiens, et aux Québécois en particulier.

C'est à cette période de sa carrière que la Team Feeling Inc. (la maison de production dirigée de main de maître par René Angélil et son plus fidèle associé, Mario Lefebvre) décide de lancer un nouveau « produit du cru », Garou. Le Quasimodo de la comédie musicale *Notre-Dame de Paris* a décidé de se lancer dans une carrière solo, et c'est l'équipe de Céline Dion qui l'a choisi pour devenir la deuxième tête d'affiche de Feeling. Son intronisation se fera lors du concert d'adieu du 31 décembre 1999, où il chantera en duo le vibrant « I'm Your Angel » devant tout le Québec.

Garou est d'ailleurs un exemple parfait de l'« effet Dion ». Céline a permis à la scène québécoise tout entière de s'affranchir des modèles français et américains, afin d'imposer une nouvelle façon de faire de la musique de variété, entre paillettes et simplicité, le tout servi par une voix de stentor. Garou est, en ce sens, un clone parfait de cet esprit Dion qui a si bien fonctionné durant ces dernières années. Ces chanteurs à la voix parfaite, proche de la performance vocale par moments, sont tous de parfaits bilingues (idéal, donc, pour l'exportation vers la France et les USA), chantent pour la francophonie sans accent canadien prononcé, et ont l'avantage de contrebalancer, dans les années 1990, toute la génération issue de la télé-réalité. Le Canada est ainsi devenu, sous l'impulsion d'icônes comme Diane Tell ou Céline Dion, de véritables viviers de « voix en or », d'où vont émerger des chanteurs et chanteuses comme Isabelle Boulay, Natasha St-Pier, Garou, Daniel Lavoie, Roch Voisine ou Jean Leloup.

Chapitre 3

Vole, vole, petite sœur

Si la vie de Céline Dion peut ressembler à un véritable conte de fées vu de l'extérieur, il ne faut pourtant pas perdre de vue la notion de douleur qui a marqué la chanteuse québécoise dès son plus jeune âge. Elle s'en souvient : au-delà de l'accident qui a failli lui coûter la vie à l'âge de deux ans, le malheur a toujours été quelque chose de tabou dans sa famille. La mort de sa grand-mère maternelle avait déjà traumatisé la petite Céline qui essayait d'oublier, tout comme ses parents, qu'une cellule familiale n'est jamais exempte de mauvaises nouvelles et de soucis divers. « Plus la cohésion familiale était forte, plus je me sentais intouchable, étrangère au malheur », avouait-elle au début des années 1990 à *Paris Match*.

Un événement va marquer l'enfance de Céline Dion de façon indélébile : la maladie de sa nièce, la fille de sa sœur Liette : « J'avais neuf ans quand j'ai appris que ma nièce Karine souffrait de fibrose kystique [1]. » À cette époque, Karine est encore un « bébé tout frais, tout rose », et le diagnostic des médecins n'est pas très encourageant : la petite fille pourrait bien décéder dès les premières semaines de sa vie. La torpeur qui touche le noyau familial n'échappe pas à Céline malgré ses neuf ans. Elle observe, sans voix, ses parents pleurer de longues heures et sa sœur Liette osciller entre désespoir et envie de lutter contre la maladie.

La fibrose kystique est une maladie qui altère la fonction des glandes à sécrétion externe dans l'organisme. Ainsi, le mucus s'accumule au lieu d'être évacué et crée des dommages souvent définitifs. Dans le cas de Karine, ce sont les poumons qui sont touchés, et la petite fille a du mal à respirer (comme dans les cas de mucoviscidose), à se nourrir, et donc à sur-

---

1. *Ma vie, mon rêve, op. cit.*

vivre. Au Canada, cette maladie est très courante, puisque l'on estime à 5 % la population parentale qui serait porteuse des gènes de fibrose kystique, et à 25 % le risque pour l'enfant d'un couple porteur d'être atteint directement par cette maladie génétique...

Tout de suite, Céline Dion se sent proche de Karine, cette enfant chétive et secrète qui semble « connectée avec les étoiles », comme elle le dit souvent. Autant la chanteuse est exubérante en public, autant elle a besoin d'un jardin secret qu'elle partage avec cette nièce de près de dix ans sa cadette. En plus de passer de longues heures dans le jardin de Liette ou de la maison familiale avec Karine, Céline Dion décide dès le début de sa carrière de soutenir l'Association québécoise de lutte contre la fibrose kystique, autant financièrement que médiatiquement. Elle enchaîne ainsi des galas de charité pour le compte de cette association, en devient la marraine en 1982, et finance très régulièrement les recherches en ce domaine, la fibrose kystique étant une maladie génétique encore incurable. Céline trouve en Karine une complicité qu'elle n'aura avec aucun autre enfant : une sorte de connexion qu'aucun mot ne peut exprimer. Les paroliers fétiches de la chanteuse essaieront pourtant d'évoquer Karine dans plusieurs chansons. En 1984, c'est Eddie Marnay, le premier mentor de Céline, et grand ami de René Angélil, qui évoquera Karine et sa lutte contre la maladie dans la chanson « Mélanie », titre de l'album éponyme. Céline Dion s'adresse à sa nièce directement : « *C'est ton courage qui a fait le mien / Moi qui suis forte à m'émouvoir pour un rien / Je me calme quand je prends ta main.* »

Le 3 mai 1993, Karine succombe à l'aube de ses seize ans, dans les bras de sa tante alors au sommet de sa gloire. Deux années plus tard, dans son *French Album*, Céline Dion chantera encore une dernière fois Karine, à travers les paroles écrites par Jean-Jacques Goldman dans le titre phare de son album *D'eux*, « Vole » : « *Vole vole petite sœur / Vole mon ange de douleur / Quitte ton corps et nous laisse / Qu'enfin ta souffrance cesse.* »

Tout au long de sa carrière, Céline Dion évoquera cette nièce qu'elle a tant aimée, n'hésitant pas à la fin des années 1990 à organiser des conférences de presse sur le problème de la fibrose kystique, ou à lancer des marathons télévisés sur le modèle du Téléthon français pour récolter des fonds afin de financer la recherche médicale. Elle ira même jusqu'à faire financer l'Association de lutte contre la fibrose kystique en faisant sponsoriser par une grande marque de lunettes de soleil sa participation aux Oscars en 1999. À la fin de cette année, les fonds réunis lors du concert d'adieu qu'elle donne à la scène le 31 décembre seront d'ailleurs entièrement reversés à plusieurs causes afférentes.

Chapitre 4

« Ce n'était qu'un rêve »

On a souvent dit que la vie de Céline Dion ressemblait à un rêve éveillé. C'est elle la première qui utilisera ce terme lors d'un entretien avec un grand quotidien québécois, alors qu'elle n'avait que quinze ans : « Je vis un rêve éveillé, tout semble me réussir, mais je sais très bien qu'il faudra que ça s'arrête un jour [1]. » La petite Céline était bien loin de se douter, en ce jour de 1983, que le meilleur était encore à venir. Pourtant, en à peine une décennie, la petite fille de Charlemagne qui avait commencé à pousser la chansonnette dès l'âge de cinq ans avait déjà fait bien du chemin.

Enfant, portée par le maelström mélomane de sa famille, elle se désintéresse très vite des études. Autant Céline peut être vivante et démonstrative en privé ou sur les planches d'une scène avec le reste de sa famille, autant sa vie scolaire n'est qu'un long ennui. Elle se souvient de cette période où elle était déjà une enfant de la balle : « Je me couchais souvent très tard. Je mangeais quand j'avais faim, je dormais quand plus personne ne jouait de musique. Je manquais régulièrement l'école et, quand j'y allais, j'étais si fatiguée que je "plantais des clous" pendant la classe. Je faisais plus ou moins mes devoirs, j'apprenais plus ou moins mes leçons. Je n'ai jamais été une bonne élève. À l'école, je ne cherchais pas vraiment à me faire des amis [...]. Dans la cour, je parlais très peu [...]. J'ai dû passer pour une solitaire écrasée par la timidité, pour une snob finie [2]. » Une image qu'on a encore bien du mal à imaginer, au vu de l'énergie débordante de Céline Dion dès qu'elle a été propulsée sur scène. Sa famille est d'ailleurs formelle : la petite dernière se métamorphosait littéralement dès qu'elle posait un pied sur une estrade ou qu'elle pouvait se balader

---

1. Cité par le site canadien Canoe.qc.ca
2. *Ma vie, mon rêve, op. cit.*.

entre de vieux instruments de musique ou apercevoir le moindre public. C'est d'ailleurs cette tension qui semble encore animer Céline Dion, toujours tiraillée entre son désir d'intimité et la folie de la scène.

De l'âge de cinq à douze ans, Céline va ainsi s'éloigner progressivement du circuit scolaire, sans pour autant se mettre en marge de la société. Tout comme ses parents, elle devient une saltimbanque, une enfant de la musique, qui passe de moins en moins de temps sur les bancs de l'école. Heureusement, la maîtresse de son école connaît bien les parents, qu'elle sait responsables et un peu bohèmes. Elle aura de nombreuses conversations avec Thérèse, la maman, pendant les premières années d'adolescence de Céline. C'est ce même professeur qui va permettre à Céline Dion de s'absenter pendant des jours entiers pour se produire dans des galas, car elle a tout de suite senti que cette enfant était différente des autres.

Pendant ces premières années, Céline Dion se produit principalement au « Vieux Baril », le bar familial, où elle chante quelques titres en compagnie des groupes de son père ou de ses frères. Jusqu'en 1981, date à laquelle un incendie détruit entièrement ce bar géré par Adhémar et sa fille Claudette, elle interprète principalement des chansons de Ginette Reno, souvent trois à quatre par set musical, accompagnée par ses frères Michel et Daniel.

C'est au début des années 1980 que sa mère, Thérèse, prend en main la destinée de sa fille. Dans la famille, tout le monde écrit des chansons, Thérèse et son fils Jacques en tête. Céline relate une scène marquante de son enfance : alors qu'elle n'est âgée que de dix ans, sa mère la prend à part et lui confie qu'elle a pour elle un plan de carrière tout tracé. Thérèse veut faire de Céline une star. Elle sait qu'elle en a l'étoffe, plus que tous ses frères et sœurs, musiciens confirmés, mais qui n'ont pas ce grain de folie que seules les stars peuvent avoir.

Cette ascension vers le star-system ne peut être envisageable que si Céline Dion dispose d'un manager. La famille Dion connaît bien le show-business québécois pour l'avoir fréquenté de loin en loin depuis quelques années. Son frère Michel a d'ailleurs déjà sorti plusieurs singles et fait de grandes tournées régionales avec ses groupes D si D, Éclipse ou Le Show. En 1980, Thérèse décide de chercher activement ce mentor qui pourra propulser Céline de la scène enfumée du « Vieux Baril » aux spotlights des plus grandes scènes québécoises. Un beau jour, lors d'un tremplin rock de la région (au golf de Repentigny), son grand frère Michel invite Paul Levesque, un agent de groupes canadiens comme Mahogany Rush ou feu l'Éclipse. Céline Dion n'a alors que douze ans, et elle entraîne sa voix sur un répertoire fleur bleue (Barbra Streisand, Ginette Reno) qui ne peut pas séduire un professionnel comme Paul Levesque. Céline interprétera alors un titre très à la mode à l'époque, « Let's Get Physical », d'Olivia Newton-John. Paul Levesque est tout de suite impressionné par cette enfant si énergique et dotée d'une voix parfaite. Quelques semaines plus tard, le 5 décembre 1980, il est invité à un conseil de famille chez les Dion, afin de fixer toutes les modalités du premier contrat d'artiste de la petite Céline.

Ce rêve de star, Céline va enfin pouvoir le vivre. Paul Levesque pense que si la jeune fille veut conquérir un nouveau public, elle doit cesser de chanter des reprises, et interpréter des compositions originales. Le plan de Levesque est simple : composer une poignée de chansons, en faire les maquettes et les présenter aux producteurs canadiens qui prolifèrent à cette époque dans la région de Montréal. Toute la famille Dion va plancher afin de trouver les paroles en or que pourra chanter Céline. C'est Thérèse la première qui va trouver les bons mots pour exprimer toute la sensibilité de sa fille. À cet âge, en effet, Céline Dion ne peut ni chanter des slows langoureux ni des titres nostalgiques. Son répertoire, c'est décidé, puisera dans le genre de la ballade.

Le premier titre écrit par Thérèse est celui qui propulsera Céline Dion sur la route de sa carrière internationale. Un matin, la mère de Céline lui glisse un bout de papier entre les mains : « C'est pour toi, ma Céline. » La chanson est intitulée « Ce n'était qu'un rêve », et elle va changer la vie de toute la famille Dion.

Paul Levesque fait immédiatement enregistrer ce titre par Céline Dion, ainsi que « Chante-la, ta chanson », une reprise du Québécois Jean Lapointe, et un autre titre composé par Thérèse, « Grand-Maman ». Jacques et Daniel s'occupent de la composition instrumentale et supervisent l'enregistrement de ces trois titres au studio Pelo, à Longueuil. La première maquette officielle de Céline Dion est prête à la fin de l'année 1980. Reste à Paul Levesque à lui trouver un producteur digne de ce nom...

À cette époque, au Canada, tout le public québécois s'extasie devant un petit prodige de la chanson, Nathalie Simard. Cette enfant-star a le même âge que Céline Dion, mais bénéficie d'une exposition toute différente : elle se produit sur les plus grandes chaînes, et anime même une émission de télévision. Pour Levesque, c'est évident, la carrière de Céline Dion va obligatoirement pâtir de cette enfant-prodige qui « occupe déjà le marché », comme lui rétorque un des premiers producteurs à qui il va présenter « Ce n'était qu'un rêve ». Pourtant, Céline est bien différente de Nathalie Simard. Cette dernière est en effet une « enfant qui chante », comme le dit Michel Dion ; Céline, elle, a une voix d'adulte dans un corps d'enfant.

Parmi les nombreux producteurs qui reçoivent la maquette envoyée par Paul Levesque, se trouve René Angélil, le producteur de Ginette Reno. Ce Libanais d'origine est une star au Canada pour avoir longtemps chanté dans le groupe des Baronets et surtout pour avoir relancé la carrière de Ginette Reno qui était en berne depuis quelques années. C'est lui qui va « faire » Ginette Reno et la propulser tout en haut des ventes d'albums avec plus de 300 000 exemplaires de « Je ne suis qu'une chanson » vendus au Canada.

Michel Dion a déjà croisé cet homme au rire tonitruant, grand joueur de poker et mélomane averti. Selon Michel, c'est sûr, si René Angélil entend la voix de Céline, il signera dans la minute ! Au début de 1981, alors que Paul Levesque a envoyé depuis quelques semaines la maquette à Angélil, toute la famille Dion attend un coup de téléphone du producteur. Comme rien ne vient, Michel décide de jouer le tout pour le tout et appelle directement Angélil : « Je sais que tu n'as pas écouté la maquette que ma sœur t'a envoyée. Parce que si tu l'avais fait, tu nous aurais déjà rappelés. [...] C'est l'affaire de dix minutes, et ça pourrait changer ta vie [1] ! » Un quart d'heure plus tard, le téléphone sonne dans le salon des Dion : à l'autre bout du fil, René Angélil a enfin rappelé.

---

1. *Ma vie, mon rêve, op. cit.*

Chapitre 5

Et Angélil créa Céline

L'appel téléphonique de René Angélil sera un catalyseur central dans la vie de Céline Dion et de toute sa fratrie. Ce que Thérèse et ses enfants ne faisaient qu'entr'apercevoir – une notoriété assurée par le professionnalisme de René Angélil –, Céline Dion va le transformer en véritable mine d'or. Quand Angélil évoque ce coup de fil, il avoue lui-même « ne plus se souvenir très bien de ce qu'il a pu dire [1] », mais reconnaît volontiers qu'il « a changé sa vie pour de bon ce jour-là [2] ». Et lorsque Michel Dion raccroche ce même jour, il ne se doute pas que sa sœur va être désormais totalement abandonnée aux talents de producteur d'Angélil, qui risquera tout pour elle.

La première rencontre avec René Angélil se fait dans la foulée : il veut voir ce jeune prodige en chair et en os pour évaluer son potentiel. L'homme d'affaires la reçoit dans son grand bureau, dont les fenêtres donnent sur le pont Jacques-Cartier, à Montréal. À cette époque, Angélil est un personnage central du show-business local. Il est agent de chanteurs (dont Ginette Reno), a épousé quelques années auparavant une animatrice de télévision très en vogue (Anne-Renée Angélil) et reste auréolé de la gloire de son passé de chanteur dans les années 1960, au sein du groupe Les Baronets, spécialisé dans les reprises des grands standards anglo-saxons (Beatles en tête). C'est donc un agent d'artistes aguerris qui reçoit Thérèse et Céline Dion. La scène est désormais passée dans la mythologie personnelle de la chanteuse : René Angélil lui aurait demandé de chanter « comme sur la Place des Arts » (la grande place de Montréal où ont lieu tous les concerts en plein air) et Céline aurait brandi un stylo afin de mimer un

---

1. Entretien dans *Platine Disque*, 1998.
2. *Ibid.*

micro de chanteuse. Quelques minutes plus tard, à la fin de la chanson « Ce n'était qu'un rêve », René Angélil aurait été en pleurs.

Si la scène a sûrement été romancée plusieurs fois par la chanteuse et son entourage, il est pourtant notoire que la rencontre entre cet agent de quarante ans, au faîte de sa gloire (même si Ginette Reno venait juste de le lâcher pour gérer elle-même sa carrière) et joueur invétéré, avec la jeune adolescente encore gauche a opéré comme une véritable magie. En quelques semaines, René Angélil est entré dans la famille Dion. Les frères de la chanteuse, en guise de bienvenue, lui font grâce d'une parodie des Baronets et, tout de suite, la sympathie s'installe entre ces deux mondes pourtant apparemment si éloignés. Tous sont fans d'Elvis Presley ; Angélil cite d'ailleurs à l'envi l'exemple du Colonel Parker, l'agent d'Elvis, comme modèle de sa carrière. Ensemble, ils projettent la carrière de Céline et voient tout de suite grand pour elle, avec une ambition à la hauteur de la qualité de sa voix. Les plus médisants diront souvent par la suite que Céline Dion aura été la créature d'Angélil, une sorte de monstre de Frankenstein moderne et lyrique. Pourtant, Céline aura autant été la créature de René qu'Angélil aura été la création de Dion. C'est ensemble, et seulement grâce à cette synergie, qu'ils vont construire pas à pas la carrière du futur couple et, par extension, de la fratrie Dion. Afin de bien préparer le premier album de la chanteuse, Angélil a décidé d'investir dans une vraie production d'albums. Il va même jusqu'à hypothéquer sa maison, sans le dire à la famille Dion, afin de commencer la production du premier 45 tours et du premier album de la chanteuse, qui doit sortir courant 1981. Angélil le promet à la famille Dion dès leur première rencontre : l'enregistrement et la composition des titres seront faits uniquement avec les meilleurs. Les techniciens seront donc ceux de Ginette Reno ; le pianiste sera Daniel Hétu, un grand nom de l'époque ; l'attachée de presse sera une fidèle collaboratrice d'Angélil, Mia Dumont (qui suivra d'ailleurs Céline pendant toute sa carrière) ; Angélil ira même chercher en France un parolier reconnu du milieu, Eddie Marnay.

Marnay va avoir une importance très particulière dans le début de carrière de Céline Dion. Si la chanteuse est tout de suite impressionnée par Angélil et ses manières de grand prince (il roule à l'époque en Buick Le Sabre, une « folie » financière), elle trouve auprès d'Eddie Marnay un soutien de chaque instant. L'homme est âgé (plus de soixante ans), a écrit des chansons pour les plus grandes stars mondiales (Yves Montand, Mireille Mathieu, Barbra Streisand, etc.) mais est immédiatement tombé sous le charme de l'adolescente. Angélil le fait venir spécialement de Paris pour travailler aux compositions du premier 33 tours de la chanteuse. Marnay passe de longs après-midi avec la jeune Céline dans le jardin familial : il l'écoute, lui prodigue des conseils, et la forge invisiblement à devenir une vraie star. Il lui répète sans cesse : « Ne chante pas de chansons qui n'aillent pas avec ce que tu es, tu dois sentir chacune d'entre elles [1]. »

Parallèlement, Angélil et Marnay se répartissent les tâches : René Angélil réconforte les parents et s'occupe des médias tandis qu'Eddie Marnay travaille Céline « au corps », en la modelant pour qu'elle devienne une chanteuse professionnelle. Il gomme, par exemple, ses défauts de voix dans « Ce n'était qu'un rêve ». Trop nasillarde et trop compliquée, sa voix devient alors une source fluide et claire, sans prétention et proche de la perfection. La jeune chanteuse s'exécute, offrant à Marnay une confiance totale. Comme elle le livre, à cette époque, elle est persuadée d'avoir une bonne fée : « J'avais en moi ce rêve total pour lequel j'étais prête à tous les sacrifices et toutes les folies. Ce rêve-là [...] je l'avais dans mon sang quand je suis née. Comme la musique [2]. »

Le premier 45 tours est très vite enregistré au studio Saint-Charles, et propose un instrumental en face B et « Ce n'était qu'un rêve » en ouverture. Au début de l'été 1981, le single est prêt à sortir et Angélil fait des pieds et des mains pour promouvoir sa nouvelle artiste. Il va s'appuyer sur Michel Jasmin, un ami intime, qui anime à l'époque l'émission la plus populaire de la télévision québécoise. En trois jours, Céline Dion doit se préparer à son premier plateau télé. Elle débarque pétrifiée et tout de rose vêtue pour interpréter « Ce n'était qu'un rêve ». Ce sera son premier pas dans l'univers télévisuel et, déjà, elle assure le spectacle lors de l'interprétation de sa chanson.

Pendant l'été, Céline Dion va enregistrer son premier album, *La voix du Bon Dieu*, avec sa mère et Eddie Marnay, ainsi qu'un album de reprises de chansons de Noël, prévu pour quelques semaines plus tard. La première chanson de l'album est « La maison du Bon Dieu », qu'Eddie Marnay a écrite pour la chanteuse en herbe. Céline sera accompagnée

---

1. Céline Dion, entretien avec Michel Drucker, *Paris Match* – 2004
2. *Ma vie, mon rêve*, op. cit.

de sa famille aux chœurs, dans une bluette qui reflète bien l'image que veulent lui donner Angélil et Marnay : « *On a tous un peu la voix du Bon Dieu / Quand on rend les gens heureux / On a le cœur loin du chagrin / Quand on a chanté bien.* »

Les autres titres de l'album sont « Au secours » ; « L'amour viendra », de Marnay ; une chanson de sa mère, « Autour de moi » ; la chanson de la famille Dion, « Grand-Maman » ; le 45 tours *Ce n'était qu'un rêve* ; une autre chanson de Marnay, « Seul un oiseau blanc » ; une reprise d'une chanson traditionnelle revisitée par Eddie Barclay, « Tire l'aiguille » (« Tire l'aiguille, ma fille ») ; et enfin une reprise de Berthe Sylva, « Les roses blanches ». Lancé le 9 novembre 1981, cet album va être celui de la révélation pour la jeune chanteuse. Céline Dion pose sur la couverture dans une pose très enfantine (face) et plus adulte (dos), avec une ombrelle japonaise. Elle n'a que treize ans et, déjà, elle écume les matchs de hockey, où elle chante quelques chansons en guise d'ouverture. Angélil a tout prévu : Céline Dion doit devenir indispensable à son public.

C'est dans cet esprit qu'il lance, trois semaines plus tard, un album de chansons de Noël. Sur la couverture du 33 tours, un titre très sobre, *Céline Dion chante Noël*, comme si la chanteuse était déjà une star incontournable. Ce coup de poker va rapporter gros à Angélil, qui l'impose ainsi comme référence incontournable, détrônant presque immédiatement sa rivale potentielle, Nathalie Simard. Dans cet album de huit chansons, la plus typique est « Le p'tit renne au nez rouge », conte québécois chanté très populaire à Montréal. Céline Dion ne côtoie pas René Angélil depuis un an qu'elle a déjà à son actif une douzaine d'émissions télévisées, des dizaines de *featurings* lors de concerts publics, et deux albums à la clé. Mais pour Angélil, comme le dit souvent la chanteuse, « rien n'est jamais assez bien ; il met la barre toujours très haut, parfois trop haut[1] ». C'est décidé : pour lui, Céline Dion doit s'acquitter d'une grande tournée québécoise et conquérir l'Europe.

---

1. *Ma vie, mon rêve, op. cit.*

Chapitre 6

Sur les routes

La première tournée québécoise de Céline Dion n'est pas exactement ce à quoi elle s'attendait. Elle manque même de tomber du haut de ses treize ans quand elle aperçoit les autres compères de cette drôle d'équipée musicale : des musiciens confirmés de la scène rock francophone dont Plastic Bertrand et son look de punk décalé, et une rockeuse pure et dure, Nanette Workman. Chaque soir, Céline affronte un public qui n'hésite pas à jeter des cannettes aux artistes qui ne lui plaisent pas. C'est à cette époque que la chanteuse apprend un « truc » du métier, et met en pratique les conseils d'Eddie Marnay : sur scène, il faut chanter pour quelqu'un en particulier. L'adolescente va ainsi mettre tout son cœur dans ses spectacles en les dédiant secrètement et intérieurement à René Angélil, son mentor qui la suit chaque soir. En pensant à lui, elle fait fi de l'ambiance très « virile » qui émane du public et peut interpréter avec émotion ses ballades romantiques. Dès lors, elle ne chantera plus que pour Angélil.

D'une décision commune entre la famille et l'unité de production, Céline Dion ne finit pas cette première tournée. Elle a mieux à faire, puisqu'à Paris l'attendent Eddie Marnay et de nouveaux musiciens afin d'y enregistrer son troisième album. Pour René Angélil, cet album doit marquer un premier tournant dans la carrière de sa protégée : elle doit s'imposer en France et imprimer un style plus affirmé à ses chansons. Pour arriver à ses fins, le producteur a mis toutes les chances de son côté : dès que Céline Dion pose le pied sur le sol parisien, Angélil l'emmène rencontrer une vieille dame, Tosca Marmor. Céline Dion ne le sait pas encore, mais sa voix n'a pas conquis les labels français, qui la trouvent encore trop adolescente, avec quelques défauts d'assurance. Pour l'imposer, René Angélil a donc décidé de payer des heures de chant à la chanteuse, instruite pour l'occasion par Tosca Marmor, qui a fait travailler pendant près d'un demi-siècle les divas d'opéra...

À Paris, la vie de la jeune étoile est très chargée : chaque jour, elle suit tout d'abord un cours de chant, puis elle se dirige à pied vers le studio Family Song avec Eddie Marnay pour enregistrer les voix du futur *Tellement j'ai d'amour* qui doit sortir au milieu de l'année 1982. Tosca Marmor, tout comme Marnay, va apprendre à Céline Dion une nouvelle façon de chanter : en allant puiser dans ses sentiments et ses émotions. Ainsi, la technique vocale devient plus facile et passe au second plan, créant un rapport différent avec les auditeurs. Ces longues séances d'apprentissage vont remodeler la chanteuse, lui amener profondeur de voix et maturité d'interprétation, et ainsi contenter les demandes du label français, Pathé-Marconi.

L'album sort à la rentrée 1982, et son titre phare, « D'amour ou d'amitié » est la musique qui va servir de carte d'identité à la chanteuse. Le public français y découvre une jeune Québécoise aux allures romantiques qui y parle d'amour chaste : « *Il pense à moi, je le sens, je le sais / Et son sourire ne ment pas quand il vient me chercher / Il aime bien me parler des choses qu'il a vues.* » Cette fois, Céline Dion impose sa marque de fabrique sur le Vieux Continent.

C'est pourtant une autre chanson, « Tellement j'ai d'amour pour toi », qui la propulse tout en haut de l'affiche. Dans ce titre écrit par Hubert Giraud et Eddie Marnay, Céline Dion chante pour sa mère : « *Je serai une enfant jusqu'à mon dernier jour / Tellement j'ai d'amour pour toi* », sur une mélopée nostalgique. Par l'entremise de Marnay, ce titre est choisi pour représenter la France au Festival Yamaha des Chansons Populaires qui se tient à Tokyo. Quelques semaines plus tard, le petit prodige de Charlemagne devra donc se produire devant la planète entière, à l'autre bout du monde.

Céline Dion ne mesure pas tout de suite l'ampleur d'un tel événement dans sa jeune carrière. Elle avoue *a posteriori* n'avoir pas non plus su jauger correctement son changement de mode de vie. Pour elle, tout va si vite qu'elle a simplement le sentiment que son rêve se réalise, et que rien ne pourra l'arrêter. Son entourage, sa mère en particulier, suit avec ébahissement cette envolée vers la gloire. Thérèse Dion accompagne Céline à chacun de ses voyages, et fait partie de l'échiquier invisible posé par Angélil pour faire de la jeune chanteuse une star internationale. Si Marnay ou Tosca lui apportent du savoir-faire, sa mère la rassure, la console, et sait la guider dans ses choix artistiques, tout comme René Angélil.

À Tokyo, Céline Dion va goûter à la gloire et trouvera son porte-bonheur. Alors qu'elle marche sur la scène pendant les répétitions, elle ressent une douleur sous le pied : c'est une pièce de 5 cents, frappée du sigle de « Go », qui est entré dans sa chaussure. Comme le cinq est son chiffre fétiche, elle décide de garder précieusement la pièce sur elle jusqu'au concours. Près de vingt-cinq ans plus tard, elle la porte encore sur elle.

Tout au long de la semaine de répétition, Céline, sa mère et René Angélil sentent la pression monter. La peur au ventre, la jeune chanteuse répète avec l'orchestre japonais et voit défiler ses concurrents de tous les pays. Quand elle monte sur la scène centrale, en direct devant des millions de téléspectateurs et les cinquante mille personnes de la salle de concert, elle joue son avenir. Quatre minutes plus tard, elle ressort après avoir parfaitement interprété « Tellement j'ai d'amour pour toi ». Le jury lui décerne le Grand Prix, et un deuxième prix lui est même remis par les musiciens de l'orchestre ! Le Japon a adopté Céline Dion, et elle le lui rendra bien par la suite. Depuis ce jour, elle aura une affection toute particulière pour ce pays : « Depuis ce jour, j'aime le Japon. Je m'y suis toujours sentie bien chez moi, même s'il y a la barrière de la langue et une étiquette, des protocoles et des règles dont le sens m'échappe souvent. J'aime l'ordre qui règne dans ce pays, l'humour si particulier des gens, leur discrétion [1]. »

À son retour d'Asie, c'est une haie d'honneur et de félicitations qui l'attend au Canada. Elle a accompli ce qu'aucun Québécois n'avait fait auparavant, et elle devient une sorte d'icône populaire que le pays entier s'approprie. C'est à cette période, lors des fêtes de fin d'année de 1982, que la famille et René Angélil décident de la retirer du circuit scolaire, son emploi du temps surchargé n'étant plus en mesure de s'accommoder de sa vie de collégienne. Le Grand Prix obtenu à Tokyo débloque sa situation au Canada en imposant son troisième album et en la rendant incontournable dans le circuit des concerts. Elle se produit plusieurs fois dans le pays, avant de prendre une première pause, lors des vacances de Noël. La seule ombre au tableau de cette fin d'année est son relatif insuccès en France. Pathé-Marconi a eu beau lancer à

---

1. *Ma vie, mon rêve, op. cit.*

grand renfort de promotion *D'amour ou d'amitié*, l'album rattaché à ce single n'arrive pas à décoller.

Encore une fois, René Angélil sort un joker. Il décide de faire financer la venue de la chanteuse au MIDEM de Cannes, équivalent musical du Festival du Film, clairement orienté vers les professionnels du milieu musical. Cet événement a lieu en février 1983 et Angélil compte bien sur la cote de sympathie nouvellement acquise par sa protégée pour faire craquer une bonne fois pour toutes radios, télévisions et presse. Le talent de stratège de l'homme d'affaires fait mouche une fois de plus. Devant tous les directeurs de radio, les programmateurs de festival et les journalistes spécialisés, la jeune voix québécoise offre un play-back parfait qui va ravir les dirigeants de la maison de disques et les décideurs. Le soir même, « D'amour ou d'amitié » est en rotation sur les cinq plus grands réseaux radiophoniques, et les demandes d'entretiens sont nombreuses.

Alors que toute l'équipe de la chanteuse s'apprête à retourner vers le Québec, René Angélil reçoit une visite déterminante : Michel Drucker et son épouse Danny Saval lui proposent d'inviter Céline Dion à *Champs-Élysées* sur Antenne 2. À cette époque, l'émission est le programme le plus populaire en France et Drucker lance régulièrement des artistes vers les plus hautes marches de la renommée. Angélil le pressent, cette émission pourrait bien être le tremplin tant attendu vers le succès hexagonal.

L'enregistrement se fait dans un état de nervosité intense, mais Céline Dion interprète sa chanson sans le moindre problème. À l'antenne, lors de la diffusion, Michel Drucker va alors lancer une phrase qui est restée dans la mémoire de la chanteuse et dont elle fera même son slogan, dix ans plus tard, lors de la sortie d'*Unison* : « Mesdames et messieurs, vous n'oublierez jamais la voix que vous allez entendre. Alors, retenez bien ce nom : Céline Dion ! » C'est désormais certain, la carrière de Céline Dion est lancée dans toute la francophonie. Les retombées ne se font pas attendre et l'adolescente va désormais vivre le plus clair de son temps dans l'avion qui la transporte plus de deux fois par mois entre Montréal et Paris. Elle se souvient de cette époque dans son autobiographie : « Nous étions toujours en mouvement. Je pouvais chanter un soir avec l'Orchestre symphonique de Montréal, et le lendemain à l'heure du souper, faire une émission de télé avec des musiciens de country. Je donnais un récital sur un radeau ancré sur un lac des Laurentides. J'enregistrais dans la nuit une chanson de Noël avec un chœur de quarante personnes, toutes de ma famille. Puis nous partions, maman, René, moi, pour un pays éloigné où je me produisais dans un festival [1]. » Pour couronner le tout, elle recevra quelques semaines plus tard sa première grande récompense québécoise, un Félix (l'équivalent des Victoires de la Musique ou des Grammy Awards). Devant le Canada, en pleurs, elle va chercher le trophée qu'elle dédie à sa famille et à René Angélil. Enfin reconnue en tant qu'artiste, Céline Dion a toutes les cartes en main pour devenir une star hors du commun.

---

1. *Ma vie, mon rêve, op. cit.*

Chapitre 7

À la conquête
de l'Amérique

Le lancement de la carrière de Céline Dion en France a été un succès sur toute la ligne : plus de 700 000 exemplaires vendus de son titre « D'amour ou d'amitié » et, surtout, l'accueil de ce public hexagonal qui la conforte dans sa place de star internationale dans son propre pays. C'est désormais une évidence, Céline Dion est le Québec, et vice versa. Les retombées ne se font pas attendre au Canada puisqu'elle commémore durant l'été 1984 le 450ᵉ anniversaire du pont Jacques-Cartier à Montréal devant plus de cent mille personnes et qu'elle lance un nouvel album au succès immédiat, *Les oiseaux du bonheur*. À cette époque, le public canadien est partagé entre deux clans : ceux qui jugent que Céline Dion donne une image trop édulcorée du Québec et que ses chansons à l'eau de rose ne sont que des bluettes adolescentes, et ceux qui soutiennent la star en toutes circonstances. La chanteuse donne du grain à moudre à ses détracteurs. Émotive, elle pleure souvent sur scène ou dans les émissions télévisées, et n'hésite pas à exposer ses sentiments et ses combats au grand jour.

À la fin de 1984, Céline Dion décide de se lancer véritablement dans l'aventure française en effectuant sa première tournée en Europe. Pour lui assurer une promotion suffisante, René Angélil l'a placée en première partie d'un des spectacles les plus populaires du moment, celui de l'humoriste Patrick Sébastien. Céline Dion garde un souvenir mitigé de cette première expérience de la scène en France : « Nous appartenions, Patrick Sébastien et moi, à deux univers totalement différents. Donc à deux publics qui avaient bien peu de chances de se croiser, qui n'avaient ni les mêmes goûts, ni le même âge. [...] Patrick racontait des histoires salées à un auditoire tapageur, très criard et rieur, venu [...] pour se taper sur les cuisses. Rien à voir avec moi. J'aimais bien faire rire, mais pas dans le même registre que lui [1]. » Durant cinq semaines, pourtant, la jeune Québécoise d'à peine seize ans tient tête à ce public retors sur la scène de l'Olympia. Cette période de sa vie est très formatrice, la rendant plus adulte et apte à affronter n'importe quel public. Là encore, elle met en œuvre le « truc » que lui a appris Eddie Marnay : elle chante pour une personne, envers et contre tout. Et cette personne, c'est René Angélil, présent dans l'ombre à chacun de ses concerts, et qu'elle commence à aimer comme une femme.

Son retour au Québec en 1985 est motivé par une tournée canadienne qui est en préparation. Angélil et Mia Dumont, son attachée de presse, ont décidé d'un commun accord que la chanteuse doit faire une grande tournée dans son pays avant de prendre un repos mérité. La tournée nord-américaine est un succès pour tous, et se termine en apothéose par un concert sur la Place des Arts de Montréal, le 31 mai. Durant cette première « vraie » tournée, Céline Dion interprète les titres de ses huit premiers albums québécois (dont « Une colombe », qu'elle avait chanté le 11 septembre 1984 devant le pape au Stade olympique de Montréal) ainsi que des reprises de Félix Leclerc, Michel Legrand ou même Bizet ! Ce sera le dernier concert qu'elle donnera avant de remporter cinq Félix de plus lors du gala de l'Adisq au Québec pour l'album *live* de sa tournée. C'est lors de cette soirée d'automne 1985 qu'elle déclare son amour à René Angélil et que le couple commence à vivre sa passion en secret, pendant les dix-huit mois de congé qu'elle s'accorde jusqu'en avril 1986.

De 1987 à 1990, Céline Dion a la tête ailleurs, malgré le succès au Québec francophone de son album *Incognito*. Elle vit pleinement sa passion avec Angélil, qui sort d'une douloureuse séparation d'avec sa femme et ses enfants. Son mentor l'a décidé, cette période doit être également une charnière pour sa protégée. En effet, Angélil veut conquérir l'Amérique avec Céline, et il compte se donner le temps et les moyens pour ne pas rater ce coup de poker. Il applique alors la même méthode qu'il a utilisée pour imposer la chanteuse en France : il multiplie les apparitions télévisées, lui négocie un duo avec

---

1. *Ma vie, mon rêve, op. cit.*

le chanteur américain Dan Hill, et convainc ainsi les dirigeants du label CBS de donner une chance à Céline Dion. CBS doute pourtant du potentiel américain de la jeune Québécoise. Tout juste majeure, elle leur semble encore trop « verte » pour affronter le marché américain. Son succès lors du concours de l'Eurovision en 1988 (où elle représente la Suisse avec la chanson « Ne partez pas sans moi ») la conforte toutefois dans son statut d'outsider international. Angélil a encore réussi à imposer ses désirs aux décideurs de CBS : Céline Dion fera un album américain.

Comme d'habitude, René Angélil emploie les grands moyens pour arriver à ses fins. Au bord de la ruine après de nombreuses défaites au Casino et les lourds investissements du début de carrière de la chanteuse, il finance des cours intensifs d'apprentissage de l'anglais pour la chanteuse à l'école Berlitz. Pendant de longs mois de 1989, Céline Dion apprend consciencieusement la prononciation américaine et le vocabulaire, afin de devenir à son tour une enfant du pays. Comme elle l'explique à qui veut l'entendre, elle est une « travailleuse, qui, quand elle a un objectif, ne le lâche pas ». Le 2 avril 1990, le jour de la sortie américaine d'*Unison*, son album anglophone, la chanteuse est parfaitement bilingue.

Unison est un des albums les plus importants de la carrière de Céline Dion. Alors qu'elle est désormais une star incontournable dans son pays (elle « joue » même à l'actrice dans le téléfilm québécois *Des fleurs sur la neige*), Angélil prend le risque de la couper de son public qui voit d'un mauvais œil l'enfant du pays chanter en anglais. Malgré les vives polémiques de l'époque (cf. chapitre 2), l'entourage de Céline Dion arrive à lancer la star aux États-Unis sans froisser son public d'origine. Elle ira jusqu'à refuser son Félix de meilleur album anglophone afin de prouver son attachement aux francophones.

Le moteur du succès de l'album *Unison* est le single, « Where Does My Heart Beat Now ». Dans cette chanson qui n'est pas sans rappeler les performances vocales de Whitney Houston ou Barbra Streisand, elle impose un style qu'elle va ensuite garder toute sa carrière, entre chanson d'amour romantique et interprétation très physique au niveau vocal : « "Where Does My Heart Beat Now" a joué un grand rôle dans ma vie : c'est la première qui a vraiment décollé aux États-Unis, puis ailleurs dans le monde. C'est ainsi que nous sommes entrés dans le tourbillon qui, pendant plus de dix ans, ne nous laisserait aucun répit et nous ferait vivre des moments si extraordinaires[1]. » Le single entre presque immédiatement dans le Top 5 américain et elle entame en septembre de la même année une tournée qui l'emmène sur les plus grandes scènes, de New York à Los Angeles, et la propulse invitée des plus grands shows télévisés (Jay Leno, David Letterman, etc.).

C'est lors de cette tournée que Céline Dion donne les premiers signes de fatigue. Après près de dix ans passés au service de la scène et de la chanson, la voix de la chanteuse se fissure et menace de se casser définitivement (« J'allais devenir une sorte de Joe Cocker ou de Serge Gainsbourg au féminin », se souvient-elle dans son autobiographie[2]). Sa voix se brise pendant un concert à Sherbrooke, au tout début de la tournée nord-américaine d'*Unison*. En pleine chanson, la chanteuse devient aphone et profite d'un solo de guitare pour s'éclipser de scène. Le lendemain matin, paniquée, elle se précipite vers un médecin spécialisé à Longueuil. Le diagnostic ne se fait pas attendre : le stress, la fatigue et les nuits passées à chanter avaient eu raison des extraordinaires cordes vocales de la chanteuse. Céline le sait désormais, si elle veut continuer à pouvoir chanter, elle va devoir s'économiser et réapprendre une nouvelle fois à gérer sa voix. Au début de 1991, elle va consulter un autre spécialiste, à New York, le docteur Gould, qui va lui imposer un régime très spécial. Au menu, trois semaines de silence absolu et des cours quotidiens par la suite, seule solution pour éviter l'opération des cordes vocales. Elle reparlera le 3 mars 1991, au gala des Juno, où elle remporte deux trophées (meilleur album et meilleure interprète féminine).

Si Céline Dion a conquis l'Amérique, elle n'en oublie pas pour autant son public francophone. La consécration qu'elle a su trouver au Canada et en France l'a convaincue d'une chose : il lui faut désormais mener de front une triple carrière. Elle trouve la bonne formule en diversifiant sa production entre deux grands axes : des albums en français où vont se retrouver les plus grands noms de la chanson francophone ; et des albums faits pour le marché américain, en anglais, où elle multiplie les duos et autres *featurings* en locomotive promotionnelle.

---

1. Dossier promotionnel Sony Music.
2. *Ma vie, mon rêve*, op. cit.

C'est dans cet axe de carrière qu'Angélil fait rencontrer Céline Dion et Luc Plamondon, qui va lui offrir un album sur mesure pour le public québécois et français (cf. chapitre 9). *Dion chante Plamondon* (ou *Des mots qui sonnent*) réunit tous les suffrages, l'album devenant disque d'or le jour de sa sortie à Montréal, en octobre 1991 ! Toutes les compositions sont signées Plamondon, et Céline Dion reprend des grands titres chantés auparavant par Fabienne Thibeault ou Diane Dufresne. C'est « Ziggy » (ou « Un garçon pas comme les autres »), ancienne chanson de Thibeault dans *Starmania*, qui va d'ailleurs servir de locomotive à l'album. Six mois plus tard, le 30 mars 1992, la chanteuse, de nouveau inépuisable, sort un album éponyme, *Céline Dion*, pour son public anglophone. Autant l'album francophone, enregistré à Paris en 1991 dans le studio de Michel Berger, est clairement teinté « rock », autant son disque anglophone, dopé par le thème du dessin animé de Walt Disney *Beauty and the Beast* (*La Belle et la Bête*), est plus retenu et formaté. Elle interprétera un de ses titres phares, « Love Can Move Mountains », à la cérémonie d'investiture de Bill Clinton le 19 janvier 1993, et touchera trois Juno et un triple disque de platine aux États-Unis pour l'album.

Alors qu'elle passe le plus clair de son temps sur les routes, remplissant des salles de 100 000 personnes au Canada et aux États-Unis, Céline Dion trouve le temps d'enregistrer un nouveau disque, produit par David Foster, qui sortira le 8 novembre 1993. Intitulé *The Colour Of My Love*, cet album international est la déclaration d'amour officielle de Céline à René Angélil. Ils vivent désormais leur amour au grand jour, et la chanteuse l'écrit même au dos du disque. À cette époque, elle se soumet à un relooking complet : cheveux courts pour lui donner une silhouette plus énergique, habits plus glamour et textes plus directs. Cette déclaration d'amour en public est vécue pour une partie de celui-ci comme un coup de promotion mercantile. Pourtant, la chanteuse le considère comme une révolution personnelle et artistique : « Le 8 novembre 1993 restera à jamais gravé dans mon souvenir. J'avais un nouveau look [...]. J'ai dit alors au monde entier que René Angélil et moi nous allions nous marier. J'ai terminé en disant : "René, you're the colour of my love." [...] René est monté sur scène et m'a prise dans ses bras. [...] Je l'ai attiré vers moi et j'ai bu une larme qui coulait sur sa joue[1]. » Un

---

1. *Ma vie, mon rêve, op. cit.*

an plus tard, le 17 décembre 1994, le couple se marie à la basilique Notre-Dame de Montréal.

Malgré sa vie privée très chargée, la sortie de son album *live* à l'Olympia, les récompenses reçues par dizaines et les concerts donnés aux quatre coins de la planète (*The Colour Of My Love* connaît un succès retentissant au Japon et en Corée), Céline Dion trouve le temps de se mettre en danger en produisant *D'eux* (ou *The French Album*), avec Jean-Jacques Goldman (cf. chapitre 8). Avec lui, elle va se réinventer, chanter comme une nouvelle femme qu'elle est devenue. Transcendée par sa passion pour son mari et le travail indéfectible de Goldman, la chanteuse exprime dans *D'eux* tout son talent d'interprète, chaque note de l'album exprimant une émotion pure et intense. À la surprise de tous, ce disque différent, qui tranche dans sa discographie de l'époque, va devenir son plus grand succès. Il est lancé le 30 mars 1995, et s'écoulera à plus de six millions d'exemplaires à travers le monde, et même jusqu'en Grande-Bretagne où il sera le premier album francophone à vendre plus de 200 000 exemplaires. Le single « Pour que tu m'aimes encore » est pour elle son « hymne à l'amour, comme pour Piaf ». Au sujet du disque, Goldman avouait lui-même à la presse vouloir « faire un album entre Édith Piaf et Barbra Streisand, [...] entre le blues et la soul [1] ». Avec ce disque, Céline goûtera à tous les honneurs : une médaille des Arts et des Lettres, remise par Jacques Toubon le 22 janvier 1996 ; deux Victoires de la Musique ; plus de quarante concerts à guichets fermés dans une douzaine de pays différents ; et même le privilège de chanter pour l'ouverture des jeux Olympiques à Atlanta, le 19 juillet 1996, devant plus de 3 milliards de téléspectateurs, avec un titre de son nouvel album, *Falling Into You*.

On pourrait croire Céline Dion blasée par tous ces succès, on pourrait même imaginer qu'elle ne pourrait aller plus haut, plus loin. C'est sans compter sur le talent inimitable de René Angélil pour transformer sa protégée en fée aux doigts d'or. Au faîte de sa gloire, à une époque où plus rien ne semble être impossible, il va lui permettre de signer le morceau phare du nouveau film de James Cameron, *Titanic*. Quand sort le film du réalisateur américain le 19 décembre 1997, la chanson de la Québécoise de seulement vingt-neuf ans fait une entrée fracassante dans tous les hit-parades mondiaux.

---

1. Entretien radiophonique sur Chérie FM.

« My Heart Will Go On » a été composée au début de 1997 par un duo spécialisé dans la musique de film, Will Jenning et James Horner. Les deux musiciens n'en sont pas à leur coup d'essai, et avaient déjà fait travailler la Canadienne quelques années auparavant pour une maquette du générique du dessin animé *Fievel*. Spielberg lui avait préféré à l'époque un autre interprète. James Cameron, quant à lui, devient tout de suite fan de la chanson composée par Jenning/Horner et chantée par Céline Dion. Il va même jusqu'à accepter la maquette enregistrée en quelques prises seulement par la Québécoise. Quelques mois plus tard, ce titre propulsera l'album *Let's Talk About Love* tout en haut des charts, et plus de 24 millions de singles se vendront dans le monde... Cette maquette, enregistrée par Céline Dion un jour de grippe, est tout simplement le titre le plus vendu et le plus radiodiffusé au monde !

Comment se relever après un tel succès interplanétaire ? De nombreux chanteurs n'ont pas su gérer des victoires trop écrasantes, trop surprenantes. Là encore, c'est l'entourage de Céline Dion, René Angélil en tête, qui apporte son savoir-faire pour capitaliser un maximum autour de ce record historique dans l'histoire du disque. Il le sait, son épouse et protégée a besoin à court terme de se consacrer à sa vie de femme. Il décide pourtant de ne pas arrêter tout de suite après le raz-de-marée *Titanic*. Un an plus tard, à la rentrée 1998, paraît un nouvel album francophone dirigé par Jean-Jacques Goldman, *S'il suffisait d'aimer*. Il semble évident, à cette époque, que seul Jean-Jacques Goldman sait diriger parfaitement la chanteuse québécoise dans ses chansons francophones. Après le succès artistique et commercial de *D'eux*, le travail en commun des deux personnalités semblait de nouveau inévitable. Le succès de l'album ne se fait d'ailleurs pas attendre : dopée par la popularité sans bornes qui avait fait de son « My Heart Will Go On » le numéro 1 mondial des singles, Céline Dion continue sur son succès commercial en séduisant tout le public français, québécois et belge. L'album produit par Goldman est pourtant moins intimiste et personnel que *D'eux*, mais parvient à imposer quelques mélodies imparables, dont « S'il suffisait d'aimer », le titre éponyme.

Ce lancement d'album est le prétexte à la plus grande tournée de Céline Dion, qui durera toute l'année 1999. Elle a annoncé, le jour même de la sortie de *S'il suffisait d'aimer* qu'elle allait se retirer pour vivre sa maternité comme une mère normale à la fin de 1999. Sa dernière année avant la pause est donc une débauche d'énergie, de concerts, de promotion et d'enregistrements *live* en tout genre. L'apex de cette tournée est atteint quand la diva québécoise tient le haut de l'affiche du Stade de France pendant deux soirs de suite en juin 1999. Ces concerts feront l'objet d'un CD et DVD *live* lors de sa pause, entamée le 31 décembre 1999 au soir.

Le 31 décembre 1999 est peut-être l'événement qui résume le mieux la carrière de Céline Dion. Pensé comme un concert d'au revoir (et non d'adieu, puisque la chanteuse sait qu'elle va revenir après sa maternité), ce spectacle a lieu sur la grande Place des Arts de Montréal, l'équivalent canadien de la Place de l'Étoile. C'est là que toute la jeunesse montréalaise se retrouve le soir, aux croisées des grands axes de Saint-Denis, Saint-Laurent et Sainte-Catherine. Un des portiers du grand hôtel Hyatt, qui domine la Place des Arts, se souvient encore de cette soirée : « Je n'avais jamais vu la Place des Arts aussi bondée, c'était comme un pèlerinage pour la plupart des Canadiens qui venaient ici. Il n'y avait pas que des fans de la chanteuse, c'était toute une nation qui venait voir son idole, son symbole qui prenait congé du pays. Et puis, le spectacle a commencé, et là, ça a été la folie [1]. » Sur scène, la chanteuse fête le nouveau millénaire et surtout sa nouvelle vie de future maman. On a beaucoup glosé, durant les mois qui ont suivi son retrait temporaire de la scène musicale, sur le peu de vie privée que la star s'imposait à elle-même. C'est pourtant dans un souci de pédagogie et de transparence que Céline Dion vivra cette fécondation artificielle au grand jour. Elle l'a d'ailleurs annoncé avant le concert, le répète le soir même, et couvre de baisers René Angélil entre chaque chanson. Sur scène, elle croise le fer avec Daniel Lavoie et d'autres grands noms de la chanson québécoise. Elle lance également Garou, le protégé de l'équipe de production de René Angélil, qui sera l'objet de toute l'attention de Feeling Production Inc. pendant la grossesse de Céline Dion. Ce soir-là, Céline Dion a pris rendez-vous avec les Québécois francophones, et tous sont là pour l'en remercier.

Les dix-huit mois qui suivent cet adieu à la scène sont uniquement consacrés à son fils qui va naître et à son mari, René Angélil, qui se remet d'une grave maladie. René-Charles, leur enfant, naît le 25 janvier 2001, pour le plus grand bonheur des deux parents. Céline Dion a en effet depuis long-

---

1. *Journal de France Télévision*, 3 janvier 2000.

temps une envie inextinguible d'avoir un enfant avec l'homme qu'elle aime. À la presse qui vient la voir à son chevet, elle déclare à l'envi que « René-Charles est [son] plus grand succès ». Là encore, les critiques se déchaînent sur le couple, accusé de faire commerce de leur vie privée, et encore plus de leur enfant. Le malentendu est d'autant plus fort que la grossesse de la chanteuse a été l'une des plus médiatisées qui soient. Céline Dion ne joue plus beaucoup avec la coalescence entre sa vie privée et sa vie publique. À ce sujet, elle déclarait à l'époque de l'album *Unison*, dans la vidéo qui accompagnait les clips vidéo : « Tu ne peux pas demander aux gens d'acheter tes disques, de venir voir tes spectacles, d'être *sold out*, avoir un beau disque d'or et, en même temps, demander que les gens te laissent tranquille, avoir une vie privée. Pour moi, ma vie privée et ma vie de chanteuse, c'est la même chose tout le temps. Moi, quand les gens vont arrêter de me demander des autographes ou des photos, je vais commencer à me poser des questions... Je veux que les gens soient près de moi, j'ai besoin d'eux [1]. »

Quand elle revient à la musique, c'est avec un album intitulé *A New Day Has Come* (« Un jour nouveau est arrivé », en référence à la naissance de son fils) et avec un single nommé « I'm Alive » (« Je suis vivante », pour faire taire tous ceux qui auraient bien aimé ne jamais la voir revenir de sa période de maternité). *A New Day Has Come* est lancé, comme souvent dans la carrière de la chanteuse, aux alentours de son anniversaire, en date du 30 mars. En ce 25 mars 2002, donc, le disque apparaît dans les bacs des disquaires de toute la planète, et rencontre principalement un succès dans les pays anglophones. Avec près de neuf millions de copies vendues, *A New Day Has Come* est tout sauf un échec, mais n'arrive pas à fédérer les deux publics, francophone et anglophone. En effet, les Francophones se sont mis à aimer la Céline Dion produite par Jean-Jacques Goldman, plus naturelle, plus souple dans la voix. Ici, dirigée par le traditionnel tandem Aldo Nova et Walter Afanassiev, elle livre des chansons trop standardisées FM américaine, et déçoit le public hexagonal quand elle reprend Gérald de Palmas ou Daniel Lévy en version anglophone.

A New Day Has Come ne marque pourtant aucunement une baisse de régime dans la carrière de l'artiste. Cet album pour

---

1. Epic/Columbia – vidéo.

lequel plus de soixante-dix chansons avaient été préenregistrées va donner naissance à une suite, constituée de chutes de studio. Ce sera *One Heart*, sorti un an à peine après son album de retour. Avec ce disque, elle présente une reprise de Cindy Lauper (qui sert d'hymne officiel de la marque automobile Chrysler) ainsi que de nombreux titres très proches de *A New Day Has Come*. *One Heart* permet également de relancer les préventes de sa nouvelle folie : sa résidence au Caesars Palace de Las Vegas (un casino récemment acquis par René Angélil) qui doit durer pendant plus de trois ans... À cette époque, Céline Dion décide même de lancer une marque de produits dérivés autour de son nom. Et puisque rien ne lui résiste, elle arrivera même à faire de son parfum éponyme un succès de parfumerie, spécialement au Canada.

Dès lors, la destinée de la chanteuse semble être de plus en plus tiraillée entre ses deux carrières : une carrière anglophone, très standardisée, qui lui amène un public grossissant et lui permet d'assouvir tous ses rêves ; une carrière francophone, plus exigeante au niveau musical, qui lui redonne les frissons de la scène et de la grande chanteuse qu'elle est. C'est dans cette optique qu'elle renoue une fois de plus avec Jean-Jacques Goldman en 2002-2003 pour produire un de ses disques les plus originaux, *1 fille et 4 types*, qui renoue avec la Céline Dion musicienne des débuts. Loin de l'image de star internationale qu'elle peut donner quand elle sillonne les plateaux de la télévision américaine avec son amie Oprah Winfrey[1] ou quand elle est traquée par les paparazzi avec son mari au sortir des casinos de Las Vegas, Céline Dion joue avec énergie la musique qu'elle a toujours aimée : le rock'n'roll. Vêtue d'un simple T-shirt et d'un jean, elle casse dans cet album l'image trop lisse imposée par sa carrière américaine. À ce sujet, d'ailleurs, elle avouera « avoir fait des choses [qu'elle] regrettait[2] » quant à sa carrière anglophone.

2003 est une année très ambiguë pour la chanteuse. C'est l'année de tous les succès, avec ses deux albums qui caracolent en tête des ventes, et surtout les préventes du spectacle *A New Day Has Come*, qui lui assurent un avenir radieux. Pourtant, l'année est entachée par deux malheurs importants pour Céline Dion. Au tout début de janvier, c'est Eddie

---

1. Oprah Winfrey anime le talk-show le plus populaire aux États-Unis.
2. Entretien avec Radio Canada, automne 2003.

Marnay qui succombe à une longue maladie. Sa tristesse d'avoir perdu un de ses premiers protecteurs et guides dans le monde de la chanson est encore accentuée par le décès de son père, Adhémar Dion, au mois de novembre. Elle n'aura alors que peu d'énergie et d'envie de défendre correctement son album produit par Goldman (*1 fille et 4 types*) et préférera s'absenter quelque temps de la scène médiatique.

Le spectacle *A New Day* commence à Las Vegas dès le début 2003 ; il est initialement prévu pour durer trois années de suite, à raison de vingt concerts par mois, mais durera au moins jusqu'au début de l'année 2008, en raison du succès rencontré. Cette série de concerts est un spectacle « total », compilant vingt-cinq succès de la chanteuse (principalement anglophones) et une mise en scène flamboyante assurée par Franco Dragone, le fondateur du célèbre Cirque du Soleil. René Angélil et Céline Dion ont en effet contacté le chorégraphe après une représentation de son spectacle de cirque « O » à Las Vegas. Résultat : en juillet 2002, elle part avec toute la troupe de Dragone à Louvières, un petit village de Belgique, afin de se consacrer à la création de ce spectacle qui sera historiquement le plus long spectacle chanté donné au monde. Le résultat est à la hauteur des espérances de la chanteuse et de son mari : *A New Day* est un voyage unique dans l'univers artistique de la chanteuse, qui convainc aussi bien les fans que les touristes de passage à Las Vegas. Et, chaque soir, elle fait salle comble devant plus de quatre mille spectateurs...

Céline Dion n'abandonne pas pour autant l'aventure du studio, même si elle vit désormais à plein temps à Las Vegas, assurant plus de deux cents spectacles par an. Sa maternité, que certains avaient jugée obsessionnelle, lui a donné une nouvelle envie, celle de travailler avec Anne Geddes. Cette photographe est, selon la chanteuse, « celle qui a le mieux photographié les enfants[1] ». Elles vont alors travailler ensemble pour offrir un objet unique qui sortira pour les fêtes de fin d'année 2004 – soit un livre de photographies d'enfants pris dans les bras de la chanteuse, et photographiés par Anne Geddes. Le disque qui accompagne cet ouvrage est un florilège des plus belles chansons d'amour sur l'enfance. Là encore, les adversaires de l'artiste québécoise ont fustigé certaines des images tirées du *making-of* du livre, où l'on voit des mères de famille faire la queue pendant de longues minu-

---

1. Conférence de presse de *Miracles*.

tes avec leur nouveau-né afin de le prêter quelques secondes à Céline Dion pour qu'elle pose avec le bambin dans les bras. L'objet, très original, est un succès international et assied un peu plus la réputation d'une Céline Dion au grand cœur, tout entière dévouée aux causes de l'enfance.

Chapitre 8

Muse et Pygmalion

Si Céline Dion est une musicienne-née et une artiste talen-
tueuse, elle est avant tout une voix. Au début des années 1990,
elle se définissait à un quotidien québécois comme « un
médium qui filtre les émotions des autres et qui écoute son
propre cœur[1] ». Ainsi, pendant les trente années de sa carrière, elle a toujours beaucoup appris de ses rencontres. L'art
de Céline Dion a toujours été de provoquer ces rendez-vous,
même si, comme elle l'avoue, c'est sûrement le destin qui a
décidé pour elle. Tout au long de son cheminement, de grands
noms de la musique lui ont prêté main-forte : d'abord Eddie
Marnay, puis Luc Plamondon et, surtout, Jean-Jacques Goldman. Elle a aussi chanté avec des ténors comme Pavarotti ou
Barbra Streisand et collaboré avec des stars de la pop,
Michael Bolton et Bryan Adams en tête.

Eddie Marnay est celui qui a tout déclenché chez la jeune
chanteuse. Quand il la rencontre en 1981, il est un parolier
doté d'un passé doré. Ce Français de soixante ans a en effet
signé des textes pour Édith Piaf, Claude François, Nana
Mouskouri, Mireille Mathieu ou Michel Legrand. Angélil le
contacte alors qu'il est en fin de carrière et que peu de professionnels travaillent encore avec lui. Il va trouver une nouvelle jeunesse avec la joie, l'énergie et l'inventivité de Céline
Dion, alors âgée de treize ans. Pendant toute sa carrière, la
chanteuse interprétera plus de soixante titres écrits par Marnay, et lui rendra un vibrant hommage en 2003, année de son
décès. C'est Marnay qui va lui faire changer pour la première
fois sa voix, lui apprendre les ficelles du métier, et la faire
entrer par la grande porte dans le monde du showbiz hexa-

---

1. *La Presse*, 1990.

43

gonal, lui offrant son premier passage télévisuel chez Michel Drucker. Sa femme, Mia (Suzanne) Dumont, est encore aujourd'hui l'attachée de presse de la Québécoise.

L'influence de Marnay va pourtant s'atténuer au fur et à mesure des albums de Céline Dion. Il est celui qui a lancé la « première Céline », comme le disent souvent les fans de la chanteuse. Luc Plamondon sera l'artificier de la révolution personnelle de l'artiste, alors au faîte de sa gloire canadienne. Le parolier/arrangeur est très connu, à cette époque, pour son opéra-rock *Starmania*. Lors de sa tournée promotionnelle de l'album *Incognito*, Céline Dion interprète souvent un medley des plus grands succès de Plamondon, ce qui donne l'idée à Vito Luprano – un des associés d'Angélil – d'en faire un album à part entière. Plamondon prend un grand plaisir à travailler avec la chanteuse au cours de l'année 1991, afin de préparer *Des mots qui sonnent* (intitulé au Canada *Dion chante Plamondon*). C'est l'album qui sort Céline Dion de l'éternelle adolescence et la plonge dans un univers plus rock, plus mature, plus femme. Il lui permettra aussi de s'imposer en France de façon immédiate avec « Ziggy », un des singles issus de l'album, s'attachant ainsi une grande partie de la communauté homosexuelle – le titre parlant d'un amour impossible avec un homosexuel : « *Ziggy, il s'appelle Ziggy / Je suis folle de lui / C'est un garçon pas comme les autres / Mais moi je l'aime, c'est pas d'ma faute.* » Plamondon joue ainsi un rôle essentiel dans la carrière de la chanteuse. Il sera toujours présent, *via* la composition de quelques titres dans les albums précédents et suivants, et sera surtout le seul grand compositeur québécois avec qui elle aura collaboré. Le duo Dion-Plamondon repose sur une synergie totale du potentiel créatif du Québec francophone, et influencera de nombreux chanteurs québécois des générations suivantes (Garou, Isabelle Boulay, Natasha St-Pier, etc.).

Les collaborations de Céline Dion ne sont pourtant pas toujours aussi médiatisées. Le « son » Dion est aussi le produit de collaborations avec ce que les musiciens appellent les « requins de studio » – soit des musiciens très techniques, à l'exécution parfaite, au son relativement formaté et à la composition taillée pour faire des tubes. Angélil fait appel à ces musiciens pour assurer à sa protégée un niveau de production excellent et appliquer les recettes qui font les succès du moment dans la variété internationale. Parmi eux, des producteurs célèbres comme David Foster, qu'elle rencontre en

1988. Il assurera la production de quelques titres de l'album américain *Unison* et travaillera avec elle sur de nombreux singles et autres bandes originales de films. Ce musicien est à l'époque un grand nom de la production de variétés, et a assuré le succès de Barbra Streisand ou même de Nathalie Cole.

René Angélil recrutera également d'autres pointures de la production, comme l'ancien producteur de Bon Jovi – Aldo Nova (pour *Incognito* en 1987), Walter Afanassief (pour *A New Day Has Come* en 2002) ou un proche de Jean-Jacques Goldman, Érick Benzi (pour *D'eux* et *S'il suffisait d'aimer*). Benzi aura eu un rôle moins central que les deux autres producteurs américains. Ce n'est qu'en tant qu'associé de Goldman qu'il réalise ces deux albums de Céline Dion. Goldman, justement, qui – des propres mots de la chanteuse – a « révélé une autre femme [1] ». Quand il rencontre le couple Angélil-Dion en 1994 sur le plateau des Restos du Cœur, il avoue à la chanteuse l'admiration qu'il porte à sa voix. Angélil sent immédiatement que Goldman pourrait révolutionner la carrière de sa protégée. Il fera mieux : il lui réapprendra à chanter, avec plus de douceur et de retenue, et lui composera des titres qui resteront des classiques de la variété française (« Pour que tu m'aimes encore », « J'irai où tu iras » – en 1995 – puis « S'il suffisait d'aimer » en 1998). Ils signent même en 2003 un album « ovni » dans la carrière de la Québécoise. *1 fille et 4 types* est fait en collaboration avec Jean-Jacques Goldman, Jacques Veneruso, Érick Benzi, et le guitariste Gildas Arzel. C'est le disque le plus positif et festif de toute sa discographie. À cette époque, Goldman décrit l'album à la radio Chérie FM de la manière suivante : « On s'est mis ensemble et c'était super, enfin c'est super agréable de travailler avec eux, c'était un peu comme un groupe, et ce sera un peu cet esprit-là on va dire, donc c'est comme si Céline était la chanteuse d'un groupe, on fait les chœurs partout, parfois on chante nous-mêmes, on a préparé toutes les musiques, une fois qu'on a eu les tonalités, les tempos et les chansons qu'elle voulait, qu'elle ne voulait pas, on a tout préparé ici et on est allés à Las Vegas au début enregistrer les voix. » Un album tout simple et empreint d'une fraîcheur rare dans tout son répertoire.

Aux côtés de ces trois rencontres clés dans sa vie d'artiste, Céline Dion a aussi été une des chanteuses à accepter le plus

---

1. Sony Music : dossier de presse *1 fille et 4 types*.

de duos. Ils sont parfois commandités dans une optique très clairement « marketing » par René Angélil : le duo avec Dan Hill, afin de lancer la carrière de la Québécoise aux États-Unis ; les premières parties avec Michael Bolton (un chanteur qu'elle apprécie par ailleurs énormément) pour imposer son nom au public anglophone. Pourtant, ce sont la plupart du temps des rencontres de fans, Céline Dion étant elle-même une grande admiratrice de chanteurs comme Barbra Streisand (son idole) ou de personnalités comme Nadia Comaneci (la patineuse roumaine a été son modèle de réussite pendant toute son adolescence) et le pape Jean-Paul II (pour lequel elle a chanté en 1984 à Montréal, et chez qui elle s'est rendue avec René Angélil quelques années plus tard pour... traire les vaches de sa résidence de campagne !). Elle rencontrera également Luciano Pavarotti chez son orthophoniste américain et produira en 1997 un titre unique, « I Hate You When I Love You », où leurs deux voix s'entremêlent à merveille.

Sa rencontre la plus romanesque est celle de Barbra Streisand. Pendant des années, la Québécoise n'a rêvé que d'une chose : chanter un titre avec la diva américaine. Aux Oscars 1996, Céline Dion est appelée en dernière minute afin de remplacer Nathalie Cole pour interpréter un titre de Streisand ; elle sait que la chanteuse américaine sera dans la salle, et offre donc une interprétation vibrante devant le public. Seul problème : Barbra Streisand s'était absentée pendant la pause qui précédait son titre pour aller se rafraîchir et avait vu la porte de la salle fermée à son retour... Elle s'excusera platement auprès de René Angélil et proposera à Céline Dion de chanter avec elle « Tell Him », produit par David Foster. Le rêve d'enfant de la Québécoise s'était enfin réalisé.

Bien sûr, avec les années qui passent et son succès toujours grandissant, Céline Dion est souvent sollicitée par la jeune génération. Ainsi, elle chantera de nombreuses fois avec son protégé Garou (notamment dans le duo « Sous le vent ») mais aussi Gérald de Palmas (dont elle reprend « Tomber » dans son show de Las Vegas) et même des mythes vivants comme Charles Aznavour et Henri Salvador. D'abord simple, la chanteuse canadienne se montre toujours disponible afin de promouvoir de nouvelles voix, qui l'enrichissent et lui font vivre de nouvelles expériences. Une de ses rencontres manquées est celle de Pascal Obispo, qui lui avait composé la chanson « Millésime », qu'elle n'interprétera finalement pas. Ce titre était pourtant dédié à René-Charles, le fils qu'elle venait juste d'avoir avec René Angélil, l'homme de sa vie...

Chapitre 9

Pour la vie

La vie amoureuse de Céline Dion, de son propre aveu, se réduit à deux noms : Sylvain et René. Le premier n'aura été qu'une amourette d'adolescente, un jeune garçon avec qui elle était « tombée en amour » pendant ses premières années de collège. Le second sera l'amour de sa vie. Entre eux, pourtant, une large différence d'âge : Angélil est né le 16 janvier 1942, au Canada, de parents immigrés libanais. Très tôt, René Angélil va se prendre de passion pour la musique. Il a quelques modèles bien définis : les Beatles (autant les musiciens que leur manager, Brian Epstein) et toute la pop britannique. Alors qu'il suit des études de finance et devient banquier le jour, il mène parallèlement une carrière de troubadour contemporain, et lance avec deux de ses amis, à l'âge de vingt ans, le groupe Les Baronets. Le nom veut clairement évoquer les Beatles, et le groupe se fait vite remarquer dans le paysage de la variété francophone du début des années 1960. Impeccablement vêtus de costumes sombres, un sourire étincelant aux lèvres, les trois jeunes hommes reprennent des grands classiques (« Hava Nagila », « Kalenka », « Mack The Knife ») et, surtout, adaptent des succès des Beatles ou du King en français. Ces adaptations vont faire leur renommée, avec notamment « Un petit sous-marin jaune » ou « Twiste et chante ». À l'époque, René Angélil, Jean Beaulne et Pierre Labelle livrent également des imitations de chanteurs québécois ou américains. Le trio continuera jusqu'en 1971, se séparant après dix années de carrière pour devenir agents d'artistes. Un site Internet consacré aux Baronets évoque ironiquement l'évolution d'Angélil à la fin des Baronets en ces mots assez durs : « René Angélil aura la carrière fulgurante qu'on lui a connue par la suite, particulièrement en gérant la destinée de la grande Céline Dion, carrière qui n'est due qu'à son honnêteté, sa probité, son intégrité, sa franchise et son goût et élégance[1]. »

Ce genre de critique acerbe poursuivra durant toute sa carrière René Angélil, souvent traité de profiteur et d'habile stratège prêt à tout pour réussir. Il est vrai que l'homme d'affaires a toujours su prendre des risques pour assurer la production de ses artistes. Il se fait connaître en tant qu'imprésario en sortant de l'anonymat Ginette Reno, grande chanteuse québécoise alors en pleine traversée du désert médiatique. Quand Angélil la rencontre, Ginette Reno n'est plus que la pâle copie d'elle-même. Pour elle, il prendra tous les risques, mettant sa maison de production au bord de la faillite financière mais réussissant le come-back de la diva canadienne sur le devant de la scène québécoise. Reno ne lui sera pour autant pas fidèle puisque, quatre années après leur rencontre, elle abandonne la maison de production d'Angélil pour rejoindre un autre agent dont elle venait de tomber amoureuse. Ce sera un échec très dur à accepter pour Angélil, ruiné et trahi au début des années 1980. L'intrusion de Céline Dion dans sa vie, un jour de janvier 1981, est donc un véritable « rayon de soleil, une révélation qui nous a semblé évidente[2] », comme il l'évoquait au début des années 1990 dans une conférence de presse. Il l'avouait encore récemment à Radio Canada en 2004 : « Céline était ma dernière chance dans le show-business : j'ai mis toutes mes cartes en elle. »

Quand René Angélil aime, il ne compte pas. Comme il avait pu se ruiner en relançant Ginette Reno, il n'hésite pas à hypothéquer sa propre maison à hauteur de 50 000 dollars afin de mener à bien le lancement de Céline Dion sur la scène médiatique québécoise puis hexagonale. Cet homme marié et père de famille joue sa survie à chaque fois que la jeune chanteuse se produit en public – une erreur de stratégie et ce sera le gouffre pour le producteur déjà surendetté : « Il faut toujours être là au début. Il faut savoir dire non et conseiller son artiste. Le colonel Parker a fait la même chose avec Elvis Presley[3]. » Pour mieux comprendre la façon qu'a Angélil de gérer la carrière de Céline Dion à ses tout débuts, il suffit d'évoquer sa deuxième passion : « Je suis un joueur invétéré de poker. Comme au poker, dans la musique, il faut avoir une

---

1. www.udenap.org
2. Radio Canada, 2002.
3. Radio Canada, 2004.

stratégie, une vision, prévoir les coups[1]. » Cet homme qui passe des nuits entières à jouer l'argent qu'il n'a pas sur les tables de Las Vegas entame donc en 1981 une partie de poker qui n'est pas encore finie de nos jours.

Pourtant, Angélil n'a pas prévu tous les coups possibles de cette partie qui se jouait entre Céline Dion, les médias et lui-même. Car, dans cette machinerie bien huilée, apparaît une faille : les sentiments qu'Angélil et la chanteuse éprouvent l'un envers l'autre. Cet amour, il n'a d'abord pas voulu le voir et l'accepter. Pour l'entourage de la chanteuse comme pour les médias, les regards que portait Céline Dion à René Angélil depuis le milieu des années 1980 signifiaient déjà énormément. Pour Angélil, cette admiration réciproque n'est pas de l'amour (il vient pourtant de divorcer de sa femme en 1984 et, inconsciemment, il avoue l'avoir fait pour sa chanteuse) et la différence d'âge qui les sépare (plus de vingt-six ans) est rédhibitoire. À l'époque, on accuse déjà Angélil de manipuler la chanteuse, d'en exploiter tout le potentiel sentimental et de la diriger dans l'ombre comme une marionnette. Pourtant, en 1988, le soir du concours de l'Eurovision que la chanteuse remporte haut la main, ce sera Céline Dion qui fera le premier pas. Elle se souvient de ce moment si important dans son autobiographie : « Quand j'ai retrouvé René après mon prix, je me suis jetée dans ses bras et, tout en pleurant, je le serrais très fort et l'embrassais dans le cou. [...] Il se laissait faire. [...] Comme à l'habitude, il m'a raccompagnée à ma chambre et il a entrepris de me raconter la journée que nous avions passée ensemble. [...] Je l'ai regardé avec mon sourire de femme. [...] J'ai senti que je l'avais touché. Un direct au cœur. Il s'est levé, a reculé vers la porte comme pour échapper à mon emprise [...][2]. » Après avoir fui le premier baiser, Angélil rappelle Céline dans sa chambre. Elle lui avoue : « Tu seras le premier. Et le seul[3]. » À Dublin, en ce jour du 30 avril 1988, Céline Dion et René Angélil vont enfin pouvoir vivre leur amour à plein temps.

« Pour vivre heureux, vivons cachés », dit une maxime populaire. Ainsi, pendant quatre ans, le couple le plus glamour du Québec va devoir se cacher des médias. En 1992, la chanteuse éclate même en sanglots en direct à la télévision canadienne dans un talk-show et avoue qu'elle ne peut vivre

---

1. *Ma vie, mon rêve, op. cit.*
2. *Ibid.*
3. *Ibid.*

son amour au grand jour. En révélant ce secret de polichinelle le 8 novembre 1993, jour de lancement de l'album *The Power Of Love*, le couple dissipe un malentendu, mais est vite accusé de monnayer leur relation avec les médias. L'histoire de la musique pop n'est pourtant pas avare de relations équivalentes, comme pour Sheila ou Mireille Mathieu, qui vécurent elles aussi des passions intenses avec leurs impresarii.

Une fois que leur amour devient public, le couple va très vite pour officialiser leur liaison. Un an plus tard, le 17 décembre 1994, ils s'unissent par les liens du mariage. La fête qui suit la cérémonie n'accueille que la famille et les amis du couple. Très peu de stars sont donc présentes, même si la fête est démesurée et féerique : le rêve d'enfant de la star est enfin réalisé. Cinq années plus tard, le malheur frappe le couple, toujours au plus haut de la gloire. René Angélil se voit détecter une tumeur au cou, le jour même des trente et un ans de la chanteuse, et doit être hospitalisé d'urgence. Il sera suivi avec les meilleurs soins par des dizaines de spécialistes, comme lors de son accident cardiaque survenu en 1992. La chanteuse annule ainsi en 1999 plusieurs de ses concerts, même si elle assure encore quelques tournées.

Après avoir combattu pour légitimer leur amour et avoir affronté la maladie, ce couple que rien ne semble pouvoir freiner doit faire face à un autre rêve qui leur semble irréalisable : la maternité. Quand Céline Dion prend congé du public fin 1999, elle quitte momentanément la scène pour se consacrer entièrement à la procréation artificielle de son enfant. Durant toute cette période, la chanteuse québécoise accomplira d'ailleurs un grand travail de médiatisation autour de la question de l'insémination artificielle, œuvrant grandement à faire admettre cette technologie auprès du grand public. Le 8 juin 2000, le docteur Ackerman lui confirme le bon déroulement de sa grossesse commencée artificiellement, et, le 25 janvier 2001, un bébé de trois kilogrammes naît. René-Charles est un enfant tout de suite livré au bain de foule médiatique, comme lors de son baptême qui a lieu six mois après sa naissance devant plus d'un millier de fans. Là encore, les détracteurs de la chanteuse lui reprochent de jouer avec les médias en « vendant » l'image de son fils ; le couple argue tout au contraire qu'ils sont généreux avec leurs fans et partagent leur bonheur tous ensemble. Depuis, Céline Dion et René Angélil apparaissent très souvent en famille, et n'hésitent pas à inviter journaux et télévisions dans leur grande maison de Montréal, leur résidence de Floride, et même au sein du Caesars Palace, casino mythique de Las Vegas que René Angélil a racheté. Ils peuvent ainsi affirmer au monde entier leur amour indéfectible et prouver que leur relation que tous désignaient comme factice est sincère et durable.

Épilogue

Il est 17 h 00, et le réveil sonne dans la grande chambre de Céline Dion à Las Vegas. La chanteuse s'était assoupie avec René-Charles dans ses bras. Elle se précipite dans les longs couloirs de l'hôtel du Caesars Palace afin de rejoindre la grande salle du complexe hôtelier. Ici, comme chaque jour depuis quelques années, elle interprétera une nouvelle fois devant quatre mille personnes son spectacle *A New Day*. Il lui reste encore trois heures avant que son show ne commence, mais elle aime traîner dans les longues travées vides, effleurer du bout des doigts le velours rouge des sièges et s'asseoir pendant de longues minutes, comme une spectatrice, pour voir la scène abandonnée avec tous les instruments encore branchés du spectacle de la veille.

Calée sur ce rythme de vie si particulier, Céline Dion n'a pas vu les années passer. René-Charles, son fils, sait désormais marcher et découvre de lui-même les joies des grands hôtels de Las Vegas ; ses musiciens, toujours fidèles au rendez-vous, ont désormais emménagé dans une chambre proche de l'appartement qu'elle occupe avec René Angélil ; ses nouveaux disques anglophones et francophones vont bientôt sortir. Quelle date est-il exactement : 2005 ? 2006 ? 2007 ? Pour la chanteuse, les jours se suivent et se ressemblent. Elle est dans une routine du rêve et du merveilleux qui semble ne pas s'atténuer avec le temps. Artiste comblée, maman heureuse et épouse choyée, elle accumule les succès depuis plus de trente ans. Finalement, que peut-elle attendre de plus d'une vie qui lui a donné toutes les satisfactions qu'elle pouvait espérer alors qu'elle était enfant ? Un deuxième enfant, comme elle l'a prévu avec René Angélil, quand elle aura décidé de mettre une nouvelle pause à sa carrière ? De nouveaux objectifs que tous les autres artistes pensaient inattei-gnables ? Car c'est bien là tout le pouvoir et l'originalité de Céline Dion : avoir réussi à conjuguer rêve et réalité, romance et travail, voix en or et carrière internationale. Dans quelques secondes, les lumières se rallumeront dans le grand hall du Caesars Palace et des milliers de fans, venus de l'autre bout du monde, se bousculeront pour assister à son concert. Elle livrera avec toujours autant de passion un show impeccable, se donnant tout entière à ce public qu'elle aime passionné-ment. Pendant combien de temps encore la diva québécoise vivra-t-elle ce rêve éveillé ? Jusqu'où repoussera-t-elle les limi-tes d'une vie entièrement dévouée au spectacle ? L'avenir nous le dira...

Annexes

Discographie
Web
Ils parlent d'elle
Céline Dion en dates

Discographie

(les astérisques indiquent le single issu de l'album)

Merci à Thom de Celinedionweb.com
pour ses précieuses données discographiques.

La voix du Bon Dieu,
Super Étoiles, novembre 1981

Le premier album de Céline Dion, alors âgée d'à peine treize ans. On y retrouve un ton très conservateur, des chansons sages de petite fille, et deux reprises de chansons traditionnelles, « Tire l'aiguille » et « Berthe Sylva ». Le titre phare, « Ce n'était qu'un rêve », est celui qui donnera la première impulsion à sa carrière.

« La voix du Bon Dieu » (avec la famille Dion)*, « Au secours », « L'amour viendra », « Autour de moi », « Grand-Maman », « Ce n'était qu'un rêve »*, « Seul un oiseau blanc », « Tire l'aiguille », « Les Roses blanches ».

Céline Dion chante Noël,
Super Étoiles, décembre 1981

Sorti dans la foulée de La voix du Bon Dieu, *cet album de Noël la pose d'emblée comme une référence de la chanson pour enfants au Québec. Ce vinyle ne sera pas réédité par la suite et contient des inédits jamais recyclés en compilation.*

« Glory Alleluia », « Le p'tit renne au nez rouge », « Petit Papa Noël » « Sainte Nuit », « Les enfants oubliés », « Noël blanc », « Père Noël arrive ce soir », « J'ai vu maman embrasser le Père Noël », « Promenade en traîneau », « Joyeux Noël ».

Tellement j'ai d'amour,
Saison, 1982

Deuxième véritable album de la chanteuse, et premier opus qui franchit les frontières québécoises. Distribué en France (par Pathé-Marconi/EMI) et en Belgique, cet album est dédié à la mère de la chanteuse. Deux titres regroupent la famille Dion au complet. Le premier titre, « D'amour ou d'amitié », deviendra très populaire, et sera même repris en 2002 par le chanteur Corneille.

« D'amour ou d'amitié »*, « Le piano fantôme », « Tu restes avec moi », « Tellement j'ai d'amour pour toi »*, « Écoutez-moi », « Le tour du monde » (avec la famille Dion), « Visa pour les beaux jours », « La voix du Bon Dieu » (avec la famille Dion), « Le vieux monsieur de la rue Royale ».

Les chemins de ma maison,
Saisons, 1983

Commentaire : Suite de la collaboration avec Eddie Marnay, qui décrit l'album comme « la dernière trace de l'enfance de Céline Dion ». On y retrouve le ton naïf et enjôleur des premiers opus, ainsi que plusieurs reprises, dont « Mamy Blue », un titre composé par le passé par Eddie Marnay lui-même.

« Mon ami m'a quittée »*, « Toi sur ta montagne », « Ne me plaignez pas »*, « Vivre et donner », « Mamy blue », « Du soleil au cœur », « Et puis un jour », « Hello Mister Sam », « La do do la do », « Les chemins de ma maison ».

Chants et contes de Noël,
Saisons, décembre 1983

Second album de Noël pour jeune Québécoise, qui signe un succès dans son pays d'origine avec cet album écrit pour toute la famille. Le premier titre, qui fera office de single, est interprété dans sa version originale par le chanteur belge Jacques Brel.

« Un enfant »*, « Promenade en traîneau », « Pourquoi je crois encore au Père Noël », « Joyeux Noël », « Céline et Pinotte », « À quatre pas d'ici », « Le conte de Karine », « Glory Alleluia ».

Du soleil au cœur,
Pathé-Marconi/EMI, 1983 (réédité en 2002)

Tout au long de sa carrière, Céline Dion aura édité de nombreuses compilations autour de ses chansons. **Du soleil au cœur** *est la première et regroupe dix titres (quinze dans sa réédition CD de 2002) qui appartiennent au versant romantique de la jeune chanteuse.*

« D'amour ou d'amitié », « La do do la do », « Mon ami m'a quittée », « Ne me plaignez pas », « Tellement j'ai d'amour pour toi », « Du soleil au cœur », « À quatre pas d'ici », « Les chemins de ma maison », « Hello Mister Sam », « Le vieux monsieur de la rue Royale », « Trois heures vingt », « Benjamin », « La voix du Bon Dieu » (avec la famille Dion), « Trop jeune à dix-sept ans », « Paul et Virginie ».

Mélanie,
Triangle, 1984

La Mélanie de la chanson éponyme, c'est Karine, sa cousine atteinte de fibrose kystique, dont la chanteuse a toujours été très proche. Ce sera le premier titre que Céline Dion dédie à la fille de sa sœur Liette, et il marquera l'engagement de la chanteuse dans des causes caritatives. La chanson qui ferme l'album, « Une colombe », a été chantée par Céline Dion à l'occasion d'un meeting du pape Jean-Paul II au Stade olympique de Montréal.

« Mélanie », « Chante-moi », « Un amour pour moi »*, « Trop jeune à dix-sept ans », « Mon rêve de toujours »*, « Va où s'en va l'amour », « Comme on disait avant », « Benjamin », « Trois heures vingt », « Une colombe »*.

Les oiseaux du bonheur,
Pathé/EMI, 1984

Compilation lancée uniquement en France, avec à la clé trois titres inédits de la chanteuse (« Les oiseaux du bonheur », « Hymne à l'amitié » et « Paul et Virgi-

nie »). Cette compilation célèbre une fois de plus les ritournelles adolescentes composées par Eddie Marnay pour la jeune prodige québécoise.

« Trois heures vingt », « Trop jeune à dix-sept ans », « Mon rêve de toujours »*, « Paul et Virginie », « La voix du Bon Dieu » (avec la famille Dion), « Les oiseaux du bonheur », « Tellement j'ai d'amour pour toi », « Un amour pour moi », « Benjamin », « Hymne à l'amitié ».

Les plus grands succès de Céline Dion,
Triangle, 1984

Autre compilation québécoise, cette fois-ci lancée dans un seul but caritatif, pour lutter contre la fibrose kystique (maladie dont était touchée la nièce de Céline Dion, Karine Dion).

« Ce n'était qu'un rêve », « La voix du Bon Dieu » (avec la famille Dion), « Tellement j'ai d'amour pour toi », « D'amour ou d'amitié », « Glory Alleluia », « Mon ami m'a quittée », « Ne me plaignez pas », « Un enfant », « Vivre et donner », « Les chemins de ma maison ».

C'est pour toi,
Triangle, 1985

Lancé en 1985 au Canada, ce nouvel album ne trouve pas le succès escompté. Seul un single sortira en France (« C'est pour vivre »). L'album contient une fois de plus les chansons d'Eddie Marnay. Une d'entre elles, « Elle », fait partie du panthéon intime de la chanteuse. Elle l'interprétera vingt ans plus tard avec beaucoup d'émotion.

« C'est pour toi »*, « Tu es là », « Dis-moi si je t'aime », « Elle », « Pour vous », « Les oiseaux du bonheur », « Avec toi », « Amoureuse », « Paul et Virginie », « C'est pour vivre »*.

Céline Dion en concert,
Triangle, 1985

Premier album live *pour la chanteuse qui avait commencé à écumer les scènes de tout le Canada. L'enregistrement est tiré d'un concert donné sur la place centrale de Montréal fin mai 1985, et comprend notamment une reprise d'un titre de* Flashdance, *un des films cultes de la chanteuse, ainsi* qu'un duo avec Paul Baillargeon, « Up Where We Belong » et un medley de l'œuvre de Michel Legrand, avec qui Eddie Marnay avait travaillé.

Ouverture (« La première fois »), « Mon ami m'a quittée », « Hommage à Félix Leclerc », « Up Where We Belong », « Tellement j'ai d'amour pour toi », « D'amour ou d'amitié », « Over The Rainbow », « Hommage à Michel Legrand », « Carmen » (L'amour est enfant de bohème), « What A Feeling », « Une colombe », « Les chemins de ma maison », Finale (« la première fois »).

Les chansons en or,
Triangle, 1986

Nouvelle compilation de la chanteuse québécoise, et l'occasion de sortir le premier vidéo-clip de sa carrière, tourné en Allemagne. Âgée de seize ans seulement, elle apparaît également pour la première fois plus femme, comme sortie de l'âge adolescent, sur la pochette du disque.

« Ce n'était qu'un rêve », « La voix du Bon Dieu », « Tellement j'ai d'amour pour toi », « D'amour ou d'amitié », « Mon ami m'a quittée », « Les chemins de ma maison », « Mon rêve de toujours », « Mélanie », « Une colombe », « C'est pour toi », « Fais ce que tu voudras ».

Incognito,
Sony Music/CBS, avril 1987
(réédité en 1988 & 1992)

C'est l'album du grand démarrage de la chanteuse : René Angélil réussit à lui faire rejoindre l'écurie CBS/ Sony Music (qu'elle ne quittera plus), et l'album connaît un succès retentissant au Canada. Angélil expérimente pour la première fois des versions « nationales » de l'album, en panachant les chansons différemment selon les pays. Le dernier titre, « Ne partez pas sans moi », l'a fait gagner à l'Eurovision (pour la Suisse), la même année que Lara Fabian. Le titre « Lolita (trop jeune pour aimer) » était un clin d'œil très appuyé de Daniel Lavoie et Luc Plamondon à la passion naissante entre René Angélil et la chanteuse encore mineure. Sur les pochettes, elle arbore une coupe courte au carré qui tranche nettement avec l'allure romantique de ses premières années.

« Incognito », « Lolita (trop jeune pour aimer) », « On traverse un miroir », « Jours de fièvre », « D'abord, c'est quoi l'amour »*, « Comme un cœur froid », « Partout je te vois », « Délivre-moi », « Ma chambre »*, « Ne partez pas sans moi ».

Vivre – The Best of Céline Dion,
Sony Music/CBS, 1988

Compilation des premières années de Céline Dion. Le titre d'ouverture est son succès qui lui a valu de gagner le concours de l'Eurovision pour la Suisse.

« Ne partez pas sans moi », « Billy », « Je ne veux pas », « D'amour ou d'amitié », « Mon ami m'a quittée », « C'est pour vivre », « La religieuse », « C'est pour toi », « Les chemins de ma maison », « Trois heures vingt », « Les oiseaux du bonheur », « Benjamin ».

Unison,
Sony Music/CBS, septembre 1990

C'est la révolution pour Céline Dion, dans ce premier album anglophone. Chris Neil, le producteur britannique, a bien compris les désirs de la chanteuse et lui offre de futurs classiques comme « Where Does My Heart Beat Now » et « Have A Heart », la version anglaise de « Je te vois partout », parue dans l'album Incognito. *L'album ne marchera pas immédiatement au Canada anglophone mais marque le premier pas de la chanteuse francophone vers un public américain et anglais. Grâce à* Incognito, *René Angélil était arrivé à convaincre Sony Music d'investir plus que prévu dans le prochain album de sa protégée et avait séduit le producteur international David Foster, afin qu'il produise les prochaines chansons de Céline Dion. Ce sera* Unison, *première grande aventure américaine du trio Angélil-Dion-Foster.*

« (If There Was) Any Other Way », « Love Is Out Of The Question », « Where Does My Heart Beat Now »*, « The Last To Know », « I'm Loving Every Moment With You », « Love By Another Name », « Unison »*, « I Feel Too Much », « If We Could Start Over », « Have A Heart ».

Des mots qui sonnent
(*Dion chante Plamondon*),
Sony Music/CBS, mars 1992

Céline Dion s'associe le temps d'un album exclusive-ment avec Luc Plamondon, une des figures incontour-nables de la musique au Canada. Avec des titres comme « Ziggy », elle va immédiatement exploser en France, le Québec lui ayant déjà réservé un accueil formidable (disque d'or le jour de sa sortie, le 30 mars 1992). La chanteuse s'affirme comme affranchie (elle a désormais vingt-quatre ans), plus rock'n'roll (des cheveux courts sur la pochette internationale). Elle avoue elle-même dans le livret qu'elle « peut enfin s'exprimer, deve-nir une femme, faire ce qu'elle veut, se sentir plus belle ».

« Des mots qui sonnent »*, « Le monde est stone », « Le fils de super-man », « Je danse dans ma tête », « Le blues du businessman », « Un garçon pas comme les autres » (aussi appelé « Ziggy »*), « Quelqu'un que j'aime, quelqu'un qui m'aime », « Les uns contre les autres », « Oxygène », « L'amour existe encore », « J'ai besoin d'un chum », « Piaf chanterait du rock ».

Céline Dion,
Sony Music/CBS, avril 1992

Deuxième album anglophone de Céline Dion, lancé après le succès de Unison. *La locomotive de cet album est le single « Beauty And The Beast », tiré de la bande-originale du long-métrage d'animation de Walt Disney, ainsi que « Love Can Move Mountains ».*

Introduction, « Love Can Move Mountains »*, « Show Some Emotion », « If You Asked Me To », « If You Could See Me Now », « Halfway To Heaven », « Did You Give Enough Love », « If I Were You », « Beauty And The Beast »*, « I Love You, Goodbye », « Little Bit Of Love », « Water From The Moon », « With This Tear », « Nothing Broken But My Heart », « Where Does My Heart Beat Now », « (If There Was) Any Other Way », « Unison », « The Last To Know ».

The Colour Of My Love,
Sony Music/CBS, novembre 1993

C'est l'album de la grande déclaration de Céline Dion à René Angélil : le couple va enfin pouvoir s'aimer au grand jour. Ils assument cette relation devant le public, le jour de la sortie de l'album le 8 novembre 1993, quand la chanteuse embrasse son manager devant un public médusé. Le couple Dion-Angélil est lancé.

« The Power Of Love »*, « Misled »*, « Think Twice », « Only One Road », « Everybody's Talking My Baby Down », « Next Plane Out », « Real Emotion », « When I Fall In Love »*, « Love Doesn't Ask Why », « Refuse To Dance », « I Remember L.A. », « No Living Without Loving You », « Lovin' Proof », « The Colour Of My Love », « Just Walk Away », « To Love You More ».

Céline Dion : les premières années,
Sony Music/CBS, 1993

Nouvelle compilation qui balaie les premières années de carrière de la chanteuse et fait la part belle aux chansons francophones de la diva québécoise. On y retrouve principalement les titres composés par Eddie Marnay.

« D'amour ou d'amitié », « Visa pour les beaux jours », « En amour », « Les oiseaux du bonheur », « Tellement j'ai d'amour pour toi », « La religieuse », « C'est pour toi », « Ne partez pas sans moi », « Mon ami m'a quittée », « Avec toi », « Mon rêve de toujours », « Du soleil au cœur », « À quatre pas d'ici », « Un amour pour moi », « Billy », « Comment t'aimer », « Je ne veux pas », « C'est pour vivre ».

Céline Dion à l'Olympia,
Sony Music/CBS, novembre 1994

*Dix ans après son premier passage à l'Olympia en première partie de l'humoriste français Patrick Sébastien, Céline Dion revient en star internationale sur les plan-*ches gérées par les Coquatrix. L'occasion d'un nouvel album live *qui fera date dans sa discographie. On retrouve un medley de ses succès de la décennie précédente, avec beaucoup de chansons anglophones et quel-ques titres de Luc Plamondon.*

« Des mots qui sonnent », « Where Does My Heart Beat Now », « L'amour existe encore », « Je danse dans ma tête », « Calling You »*, « Elle », « Medley *Starmania* », « Le blues du businessman », « Le fils de superman », « Love Can Move Mountains », « Un garçon pas comme les autres » (« Ziggy »), « The Power of Love », « Quand on n'a que l'amour ».

D'eux (appelé aussi *The French Album*),
CBS/Sony Music, mars 1995

*Pendant toute sa carrière, Céline Dion a su se renou-
veler. C'est sa rencontre avec Jean-Jacques Goldman
qui va provoquer son évolution radicale, dans un regis-
tre plus raffiné, moins en force dans l'utilisation de sa voix. D'eux est
un album très important pour la chanteuse, qui retrouve un second
souffle et trouve une légitimité en France, qui la considérait alors comme
une chanteuse populaire. On retrouve sur le disque un nouvel hommage
à sa nièce décédée, Karine, dans « Vole », et aussi « Pour que tu m'aimes
encore », un futur classique de la chanson d'amour francophone.*

« Pour que tu m'aimes encore », « Le ballet », « Regarde-moi », « Je
sais pas », « La mémoire d'Abraham », « Cherche encore », « Destin »,
« Les derniers seront les premiers », « J'irai où tu iras », « J'attendais », « Prière païenne », « Vole ».

Les premières chansons vol. 1
(aussi appelé : *Gold* vol. 1 ;
Ne partez pas sans moi ; *For You* ;
A Love Collection),
Sony Music/CBS, 1995

Compilation à bas prix de ses premiers succès francophones.

« D'amour ou d'amitié », « Visa pour les beaux jours », « Ne partez pas
sans moi », « Les oiseaux du bonheur », « Tellement j'ai d'amour pour
toi », « La religieuse », « C'est pour toi », « Avec toi », « Mon rêve de
toujours », « Du soleil au cœur », « À quatre pas d'ici », « Un amour
pour moi », « Billy », « Comment t'aimer ».

Les premières chansons vol. 2
(aussi appelé : *Gold* vol. 2),
Sony Music/CBS, 1995

*Compilation/produit d'appel de ses premiers succès
francophones. On retrouve entre autres le titre de
Lavoie/Plamondon, « Lolita », qui révélait à demi-mot sa relation naissante avec René Angélil.*

« Incognito », « Lolita (trop jeune pour aimer) », « On traverse un
miroir », « Partout je te vois », « Jours de fièvre », « D'abord, c'est
quoi l'amour », « Délivre-moi », « Comme un cœur froid », « Mon ami

m'a quittée », « La do do la do », « Hymne à l'amitié », « Je ne veux pas », « C'est pour vivre », « En amour ».

The Colour Of My Love – album *live* –,
Sony Music/CBS, 1996

Premier live *anglophone de la chanteuse québécoise, qui livre un concert émouvant enregistré à Québec City. On retrouve les succès de ses trois premiers albums en anglais, ainsi que quelques titres-phare de ses premiers pas dans la chanson francophone. Le son est particulièrement bon.*

« Everybody's Talking My Baby Down », « Love Can Move Mountains », « If You Asked Me To », « Only One Road », « Ce n'était qu'un rêve », « Misled », « Think Twice », « Where Does My Heart Beat Now », « When I Fall In Love », « Refuse To Dance », « The Power Of Love », « Beauty And The Beast », « I Can't Help Falling In Love », « The Colour Of My Love », « Pour que tu m'aimes encore ».

Falling Into You,
Sony Music/CBS, 1996

Quatrième opus anglophone de la chanteuse qui semble alors de plus en plus se concentrer sur le public américain. Un drôle de disque qui contient beaucoup de reprises (dont une de Ike & Tina Turner : « River Deep, Mountain High »), ainsi que des transpositions de ses succès francophones en anglais. Le plus connu d'entre eux est « If That's What It Takes », qui est la traduction de « Pour que tu m'aimes encore ».

« It's All Coming Back to Me Now », « Because You Loved Me », « Falling Into You », « Make You Happy », « Seduces Me », « All By Myself », « Declaration of Love », « Dreamin' of You », « I Love You », « If That's What It Takes », « I Don't Know », « River Deep, Mountain High », « Call The Man », « Fly », « You Make Me Feel Like A Woman », « Your Light », « Sola otra vez », « To Love You More », « The Power Of The Dream ».

Live *à Paris*,
Sony Music/CBS, octobre 1996

Un album live*, enregistré au Zénith de Paris, avec la plupart des chansons composées par Jean-Jacques Goldman pour l'album* D'eux*. On retrouve également un inédit en studio enregistré à Tokyo avec le violoniste Taro Hakase, qui est la reprise de « To Love You More », un titre extrait d'une série télévisée populaire au Japon.*

« J'attendais », « Destin », « The Power Of Love », « Regarde-moi », « River Deep, Mountain High », « Un garçon pas comme les autres » (aussi appelé « Ziggy »), « Les derniers seront les premiers », « J'irai où tu iras », « Je sais pas », « Le ballet », « Prière païenne », « Pour que tu m'aimes encore », « Quand on n'a que l'amour », « Vole », « To Love You More ».

Let's Talk About Love,
Sony Music/CBS, novembre 1997

Un album lancé à grand fracas quelques semaines avant Noël 1997. On y retrouve beaucoup de collaborations, notamment avec Carole King (pour « The Reason ») mais aussi les Bee Gees (« Immortality »), ainsi qu'un duo avec Barbra Streisand (« Tell Him »), Carole King (« Treat Her Like A Lady ») ou le ténor italien Luciano Pavarotti (« I Hate You When I Love You »). L'album va être propulsé tout en haut des ventes grâce au single le plus vendu de l'histoire du disque, « My Heart Will Go On », tiré de la bande originale du film Titanic *de James Cameron.*

« The Reason », « Immortality »*, « Treat Her Like a Lady », « Why Oh Why », « Love is on the Way », « Tell Him »*, « When I Need You », « Miles To Go » (Before I Sleep), « Us », « Just A Little Bit Of Love », « My Heart Will Go On »*, « Where Is the Love », « I Hate You When I Love You », « Let's Talk About Love », « Amar haciendo el amor », « Be The Man », « To Love You More ».

C'est pour vivre
(aussi intitulé : *The French Love Album*),
Sony Music/CBS, 1997

Nouvelle compilation de titres romantiques chantés en français par la diva québécoise lors de son début de carrière.

« Mon ami m'a quittée », « La do do la do », « Hymne à l'amitié », « Je ne veux pas », « C'est pour vivre », « En amour », « Ne me plaignez pas », « Les chemins de ma maison », « Hello Mister Sam », « Trois heures vingt », « Trop jeune à dix-sept ans », « Paul et Virginie », « La voix du Bon Dieu », « Benjamin ».

Amour
(aussi intitulé : *The Collection 1982-1988* ;
The French Collection),
Sony Music/CBS, 1998

Nouvelle compilation des plus grandes chansons d'amour interprétées en français par Céline Dion.

« Ne partez pas sans moi », « D'amour ou d'amitié », « Visa pour les beaux jours », « Les oiseaux du bonheur », « Tellement j'ai d'amour pour toi », « La religieuse », « C'est pour toi », « Avec toi », « Mon rêve de toujours », « Du soleil au cœur », « À quatre pas d'ici », « Un amour pour moi », « Billy », « Comment t'aimer », « Mon ami m'a quittée », « La do do la do », « Hymne à l'amitié », « Je ne veux pas », « C'est pour vivre », « En amour », « Ne me plaignez pas », « Les chemins de ma maison », « Hello Mister Sam », « Trois heures vingt », « Trop jeune à dix-sept ans », « Paul et Virginie », « La voix du Bon Dieu », « Benjamin ».

Live *in Memphis*,
Sony Music/CBS, 1998

Très bon disque sorti également en vidéo d'un concert de Memphis (aux États-Unis). On y retrouve tous les plus grands titres anglophones de la chanteuse, dont « The Power Of Dream » *qu'elle avait chanté en ouverture des jeux Olympiques d'Atlanta en 1996.*

« The Power Of Love », « Seduces Me », « All By Myself », « If You Asked Me To », « Misled », « Beauty And The Beast », « Declaration Of Love », « Pour que tu m'aimes encore », « J'irai où tu iras », « It's All Coming Back To Me Now », « To Love You More », « Le ballet », « Love Can Move Mountains », « Call the Man », « The Power Of Dream », « Twist And Shout », « Because You Loved Me ».

Command Performance,
CBS/Sony Music, 1998

Compilation de titres anglophones chantés en public par Céline Dion, dont la majeure partie du Live à Memphis. *À noter, un duo avec la chanteuse Mauranne, sur* « Quand on n'a que l'amour. »

« The Power Of Love », « Seduces Me », « All By Myself », « If You Asked Me To », « Misled », « Beauty And The Beast », « Declaration Of Love », « Pour que tu m'aimes encore », « J'irai où tu iras », « It's All Coming Back To Me Now », « To Love You More », « Le ballet », « Love Can Move Mountains », « Call The Man », « The Power Of The Dream », « Twist And Shout », « Because You Loved Me », « My Heart Will Go On », « All by Myself », « Quand on n'a que l'amour », « Everything I Do » (I Do It For You), « Les derniers seront les premiers », « River Deep, Mountain High ».

S'il suffisait d'aimer,
Sony Music/Columbia, 1998

Songeuse sur la pochette de cet album, Céline Dion entame sa deuxième véritable collaboration avec Jean-Jacques Goldman, que l'on retrouve au dos du disque au piano. Le ton général est dépouillé et doux, particulièrement dans des chansons comme « Je crois toi » ou « Papillon ». Le tube « S'il suffisait d'aimer » restera en haut des hit-parades pendant de longs mois.

« Je crois toi », « Zora sourit »*, « On ne change pas », « Je chanterai », « Terre », « En attendant ses pas », « Papillon », « L'abandon », « Dans un autre monde », « Sur le même bateau », « Tous les blues sont écrits pour toi », « S'il suffisait d'aimer »*.

These Are Special Times,
Sony Music/Columbia, novembre 1998

Un album tout à fait unique de Noël, où la chanteuse québécoise interprète des titres en cinq langues différentes. C'est aussi pour elle l'occasion d'écrire sa première chanson, « Don't Save It All For Christmas Day »). Sur « The Prayer », elle croise sa voix avec le ténor italien Andrea Boccelli ; sur « I'm Your Angel », c'est avec R. Kelly que Céline Dion se produit en duo.

« O Holy Night », « Don't Save It All For Christmas Day », « Blue Christmas », « Another Year Has Gone By », « The Magic Of Christmas Day », « Ave Maria », « Adeste fideles », « The Christmas Song », « The Prayer », « Brahms' Lullaby », « Christmas Eve », « Happy Xmas » (aussi appelé War Is Over), « I'm Your Angel », « Feliz navidad », « Les cloches du hameau ».

Au cœur du stade,
Sony Music/Columbia, août 1999

La pochette de cet album a beaucoup fait ricaner les détracteurs de la chanteuse : elle y apparaît en effet comme une sainte qui bénit les spectateurs présents ce soir-là au Stade de France, près de Paris. La plupart des titres sont en français, et incluent même quelques vieux succès comme « D'amour ou d'amitié », dans un medley acoustique chanté au milieu du concert.

« Let's Talk About Love », « Dans un autre monde », « Je sais pas », « Je crois toi », « Terre », « J'irai où tu iras », « S'il suffisait d'aimer », « On ne change pas », « Medley acoustique », « Pour que tu m'aimes encore »*, « My Heart Will Go On ».

All The Way : A Decade of Songs,
Sony Music/Columbia, novembre 1999

Une compilation-somme sur les années 1990 de la chanteuse québécoise. Les éditions de ce disque varient énormément selon les pays visés. On retrouve dans la version internationale un duo « virtuel » avec Frank Sinatra, sur « All The way. »

« The Power Of Love », « Beauty And The Beast », « Because You Loved Me », « It's All Coming Back To Me Now », « To Love You More », « My Heart Will Go On », « That's The Way It Is », « If Walls Could Talk », « The First Time Ever I Saw Your Face », « All the Way », « Then You Look at Me », « I Want You to Need Me », « Live », « Love Can Move Mountains », « If You Asked Me to », « Think Twice », « Falling Into You », « All By Myself », « Immortality », « Be The Man », « I'm Your Angel ».

Tout en amour
(aussi intitulé *The Collector's Series* vol. 1),
Sony Music/Columbia, octobre 2000

Près d'un an après avoir quitté la scène le 31 décembre 1999, Céline Dion offre une compilation de ses plus grands succès anglophones. Sur la pochette, elle offre une pose lascive encore inédite lors de ses précédents albums.

« The Power Of The Dream », « Where Does My Heart Beat Now », « Us », « The Reason », « Seduces Me », « With This Tear », « Falling Into You », « Pour que tu m'aimes encore », « Un garçon pas comme les autres (aussi appelé « Ziggy ») », « Be The Man (On This Night) », « Tell Him », « The Prayer », « Sola otra vez », « Amar haciendo el amor », « Only One Road », « That's The Way It Is ».

The Early Singles,
Sony Music/Columbia, 2001

Pendant la pause maternité de la chanteuse, Céline Dion et René Angélil ressortent une compilation des meilleurs titres adolescents de la carrière de la chanteuse.

« Ce n'était qu'un rêve », « L'amour viendra », « D'amour ou d'amitié », « Visa pour les beaux jours », « Mon ami m'a quittée », « La do do la do », « Ne me plaignez pas », « Mon rêve de toujours », « Les oiseaux du bonheur », « C'est pour vivre », « Avec toi », « Billy », « En amour », « Je ne veux pas », « Comment t'aimer », « La religieuse », « C'est pour toi », « Ne partez pas sans moi ».

A New Day Has Come,
Sony Music/Columbia, mars 2002

C'est l'album du grand retour pour la chanteuse. Enfin maman, elle revient en femme sensuelle sur la pochette et livre son huitième album anglophone. « I'm Alive » est tiré de la bande originale du long-métrage animé Stuart Little 2, *tandis que « The Greatest Reward » est une adaptation en anglais du hit « L'envie d'aimer », tiré de la comédie musicale* Les Dix comman-dements. *Sur « Goodbye's The Saddest Word », on retrouve également la chanteuse australienne Shania Twain, dont le producteur travaille également avec Céline Dion. « Ten Days » est quant à elle une adapta-tion de « Tomber », le titre qui a fait connaître Gérald de Palmas.*

« I'm Alive »*, « Right In Front Of You », « Have You Ever Been In Love », « Rain, Tax » (It's Inevitable), « A New Day Has Come » (radio mix), « Ten Days », « Goodbye's The Saddest Word », « Prayer », « I Surrender », « At Last », « Sorry For Love », « Aún existe amor », « The Greatest Reward », « When The Wrong One Loves You Right », « A New Day Has Come », « Nature Boy », « Super Love », « Coulda Woulda Shoulda », « All Because Of You »

One Heart,
Sony Music/Columbia, mars 2003

Nouvel album, qui ne trouve pas le succès rencontré par A New Day Has Come. *On retrouve une reprise de Cindy Lauper, « I Drove All Night », qui fait également office de single.*

« I Drove All Night »*, « Love Is All We Need », « Faith », « In His Touch », « One Heart »*, « Stand By Your Side », « Naked », « Sorry For Love » (nouvelle version), « Have You Ever Been In Love »*, « Reveal », « Coulda Woulda Shoulda », « Forget Me Not », « I Know What Love Is », « Je t'aime encore ».

1 fille et 4 types,
Sony Music/Columbia, octobre 2003

C'est sûrement l'album le plus atypique de Céline Dion. La diva est au même niveau que les quatre musiciens du disque et elle s'amuse à chaque note de l'album. Jean-Jacques Goldman reprend pour l'occasion la guitare et signe des perles de variété francophone. Le public n'a pour autant pas suivi en masse cet album en marge dans la discographie de Céline Dion, malgré un single, « Tout l'or des hommes », qui a rencontré un succès certain en radio.

« Tout l'or des hommes* », « Apprends-moi », « Le vol d'un ange », « Ne bouge pas », « Tu nages », « Et je t'aime encore (version française)* », « Retiens-moi », « Je lui dirai », « Mon homme », « Rien n'est vraiment fini », « Contre-nature* », « Des milliers de baisers », « Valse adieu ».

A New Day – Live in Las Vegas,
Sony Music/Columbia, juin 2004

Tenir autant de temps à Las Vegas, seule Céline Dion pouvait le faire. Alors que son spectacle au Caesars Palace continue encore, elle sort ce live *de très bonne facture qui reprend des titres issus de* A New Day Has Come *et* One Heart.

« Nature Boy », « It's All Coming Back To Me Now », « Because You Loved Me », « I'm Alive », « If I Could », « At Last », « Fever », « I've Got The World On A String », « Et je t'aime encore » (version française), « I Wish », « I Drove All Night », « My Heart Will Go On », « What A Wonderful World », « You And I »*, « Ain't Gonna Look The Other Way », « Contre-nature ».

Miracle : A Celebration Of New Life,
Sony Music/Columbia, décembre 2004

Céline Dion goûte à la joie d'être maman ; c'est ce qui lui a donné l'idée de réaliser ce concept-album avec la photographe internationale Anne Geddes. Sorti en album simple et en livre de photographies accompagné d'un CD, ce projet tient particulièrement à cœur à la chanteuse : « c'est merveilleux de pouvoir travailler sur un projet spécial célébrant les enfants. »

« Miracle », « Brahms' Lullaby », « If I Could », « Sleep Tight », « What A Wonderful World », « My Precious One », « The Prayer » (« A Mother's Prayer »), « The First Time Ever I Saw Your Face », « Baby Close Your Eyes », « Come To Me », « Le loup, la biche et le chevalier » (une chanson douce), « Beautiful Boy », « In Some Small Way », « Je lui dirai ».

Les autres chansons de Céline Dion

Intégrées dans les albums d'autres artistes, elles font partie de bandes originales de films ou d'apparitions avec des proches de la chanteuse.

« Ma nouvelle-France » (2004)
    La chanson-thème du long-métrage du même nom, sorti fin novembre 2004 au Québec, et produit par Richard Goudreau.

« Bewitched, Bothered And Bewildered » (2003)
    Fait partie de la bande originale du film *Mona Lisa Smile*.

« Nadie lo Entiende » (2003)
   On peut entendre la chanteuse québécoise dans les chœurs du trio castillan Café Quijuano.

« Quand on s'aime » (2003)
   Un duo enregistré à l'automne 2003 pour l'album *Quand on s'aime* (reprise d'un titre de Michel Legrand), du chanteur René Simard, dans un studio proche du Caesars Palace.

« Aren't They All Our Children ? » (2002)
   Chanson collective enregistrée en 2002 au profit de la journée pour l'enfance.

« I Have To Dream » (2002)
   Fait partie de la bande originale du film *Children On Their Birthdays*, sorti aux États-Unis.

« Todo Para ti » (2002)
   Chanson collective chantée par l'artiste en espagnol, adaptée du hit de Michael Jackson, « What More Can I Give ».

« Can't Help Falling In Love » / « You Shook Me All Night Long » (2002)
   La première chanson a été interprétée en *live* pour le grand show « Divas Las Vegas », en mai 2002 ; le second est un duo, le même soir, avec la chanteuse américaine Anastacia.

« God Bless America » (2001)
   Dix jours après le drame du World Trade Center, le 21 septembre 2001, la chanteuse interprète ce titre lors d'une émission télédiffusée dans le monde entier, en hommage aux victimes.

« Sous le vent » (2001)
   Un duo très populaire avec son protégé, Garou, et qui restera longtemps aux premières places des tops francophones.

« I Met An Angel On Xmas Day » (1999)
   Un titre spécial enregistré pour une émission de Noël, « And So This Is Christmas ».

« Testimony » / « You've Got A Friend » (1998)
   Le premier titre a été chanté lors du grand show « VH1 Divas *Live* » par Carole King, Aretha Franklin, Mariah Carey, Shania Twain, Gloria Estefan et... Céline Dion ! Le second ne réunit que Carole King, Gloria Estefan et Shania Twain avec la chanteuse québécoise.

« It's Hard To Say Goodbye » (1998) / « Mejor Decir adios » (1996)
Duo inclus dans l'album de Paul Anka paru en 1998, *A Body of Work*. Le second, en version espagnole, était inclus dans l'album *Amigos* du crooner.

« A Mother's Prayer » (1998)
Chanson de la bande originale du film d'animation *Quest For Camelot*.

« Here, There And Everywhere » (1998)
Une reprise des Beatles (datée de 1966, album *Revolver*) qu'elle interprète pour un album hommage compilé par l'ancien manager des Beatles, George Martin.

« Happy To Meet You » (1998)
Titre produit pour un album pour enfants intitulé *Elmopalooza !*

« Laissez entrer le soleil » (1996)
Titre collectif enregistré pour « La soirée des enfoirés », soutien à l'association Restos du Cœur de Coluche.

« Love Lights The World » (1996)
Titre enregistré pour un album de soutien à l'enfance parrainé par le producteur de Céline Dion, David Foster.

« La chanson des restos » (1994) / (1996)
Titre phare des « Enfoirés », en soutien à l'association de Coluche, les Restos du Cœur (« Aujourd'hui, on n'a plus le droit / Ni d'avoir faim, ni d'avoir froid »).

« Là-bas » (1994)
Duo avec Jean-Jacques Goldman, inclus dans la compilation des « Enfoirés », en soutien aux Restos du Cœur.

« Send Me A Lover » (1994)
Reprise de ce titre en anglais par la chanteuse québécoise, au profit des associations de lutte contre le sida et le cancer du sein.

« Plus haut que moi » (1993)
Un duo avec un chanteur québécois, Mario Pelchat. Ce titre avait été écrit par Eddie Marnay.

« Ziggy » / « Tonight We Dance » (1992)
Deux titres chantés par Céline Dion dans la version anglophone de la comédie musicale de Luc Plamondon, *Starmania*. La seconde

chanson est une adaptation du titre « Ce soir, on danse à Nazi-land ! ».

« Voices That Care » (1991)
Extrait d'un album de charité lancé en soutien aux GI's blessés lors de la première guerre du Golfe. Aux côtés de la Québécoise, Luther Vandross ou Bobby Brown.

« Wishful Thinking » (1989)
Un des duos clés de Céline Dion, avec le très populaire Dan Hill. Ce duo lui ouvrira grand les portes du public américain.

« Can't Live With You, Can't Live Without You » (1989)
Un duo enregistré pour l'album *Spellbound* de Billy Newton Davis.

« Listen To Me » (1989)
Un titre de la bande originale de *Listen To Me*, où l'on peut retrouver l'actrice américaine phare des années 1980, Jami Gertz. Céline Dion y chante en duo avec Warren Wiebe.

« L'univers a besoin d'amour » (1986)
Duo avec le chanteur québécois Paul Baillargeon.

« Les yeux de la faim » (1985)
Un single sorti pour soutenir les victimes de la famine en Afrique. Ce titre est chanté par plusieurs grandes vedettes québécoises, comme Gilles Vigneault ou Marie-Michèle Desrosiers.

« Vois comme c'est beau » (1985)
Un duo entre deux sœurs : Claudette et Céline Dion ! Inclus dans l'album de Claudette Dion, qui deviendra plus tard une gloire pendant l'année 2002-2003, en chantant plusieurs jours de suite à l'Olympia, à Paris.

« La ballade de Michel » / **« Dans la main d'un magicien »** (1985)
Chansons de la bande originale du film québécois de Michel Hubbo, *Opération Beurre de Pinottes* (en version française : *Opération beurre de cacahuète*).

« Was bedeute Ich Dir » / **« Mon ami geh nicht fort »** (1984)
Deux des titres les plus exotiques de la jeune Québécoise, qui interprète en allemand « D'amour ou d'amitié » et « Mon ami m'a quittée ».

W e b

Avec ses millions de fans à travers le monde, Céline Dion est très présente sur Internet. Les fans représentent une communauté très active qui échange infos, objets collectors, et discutent sur de longues pages des choix artistiques ou personnels de leur idole.

Team Céline
www.celinedion.com

C'est le site officiel mis en place par l'équipe de Céline Dion. Pour le néophyte, peu de choses sont accessibles au premier clic : la plupart des rubriques sont uniquement accessibles pour les membres de la « Team Céline », soit le fan club virtuel de la chanteuse québécoise. C'est également sur ce site que les spectateurs peuvent acheter en ligne des places pour le show de Las Vegas de la chanteuse. On pourrait reprocher un certain culte de la personnalité de la part de Céline Dion, qui offre aussi bien des bagues, pendentifs et autres calendriers à son effigie. La section « news » contient uniquement des informations officielles.

Céline Dion, tout un univers
www.celinedionweb.com

Sûrement le meilleur site actuellement sur Céline Dion et son univers. Révérencieux envers la star et son entourage, sans pour autant être aveugle sur les éventuels défauts de certains albums, ce site présente une discographie complète de l'artiste, recense toutes ses apparitions télévisées, propose des dizaines de clips vidéos rares en téléchargement, offre l'accès à des extraits musicaux de chaque chanson de la diva québécoise, et a même ouvert une boutique en ligne pour les nombreux collectionneurs de l'univers de Céline Dion. Un site trilingue (anglais, français, espagnol) qui devrait combler tous les fans et néophytes en quête d'information sur leur idole.

Céline Angélil
www.celineangelil.com

La communauté des fans de la chanteuse canadienne est particulièrement active sur Internet. Ce site fédère toutes les discussions les plus âpres autour de la chanteuse. On n'hésite pas à déboulonner son idole, à critiquer sa vie privée, ses attitudes envers la presse et même à conseiller des journalistes sur les questions à poser à la Québécoise. Toutes les rumeurs les plus folles qui circulent sur sa carrière sont également relayées. Cette communauté propose également des échanges et ventes d'objets collectors entre fans.

Céline Dion Magazine
www.celinedionmagazine.com

Site du fan club français de Céline Dion, qui propose de nombreuses activités autour de l'actualité de la chanteuse : Nuits Céline Dion dans de grands espaces de concerts où sont diffusés les meilleurs *live* ; magazines trimestriels avec posters et photographies inédites ; sites de discussion en ligne pour parler jusqu'au bout de la nuit des choix de la star internationale. Un site très « officiel » qui regroupe néanmoins de nombreuses informations rares sur le sujet.

Céline Dreams
www.celinedreams.com

Un site un peu spécial autour de Céline Dion, qui propose d'analyser les rêves de la chanteuse mais aussi de ses fans les plus assidus. Des centaines de fans à travers le monde racontent ainsi leurs rêves en rapport avec la chanteuse. Une somme de documents qui démontrent une fois de plus que Céline Dion est au cœur des préoccupations de nombreuses personnes aux quatre coins du monde.

Céline Fall
www.celinedion.com.br

Sur ce site disponible en trois langues (français, anglais, espagnol), une foule d'informations sur Céline Dion et surtout une des meilleures rubriques d'actualité autour de la chanteuse. À visiter, la rubrique

« Fun » qui recense histoires de fans, rencontres inédites avec la chanteuse et gadgets virtuels dérivés de son univers (cartes postales, fonds d'écran, etc.). Un site plus irrévérencieux que les autres.

Passion Céline
www.celine-dion.net

Un site central pour mieux comprendre les passions que déchaîne Céline Dion. Ce site développé par Sylvain Beauregard a été pendant de nombreuses années le lieu central de toutes les informations concernant la diva canadienne. Seul problème : Sylvain Beauregard est un fan déçu, qui n'a pas trouvé de considération dans l'entourage de la chanteuse. Celui qui a longtemps travaillé gratuitement à la promotion de Céline Dion, a même corrigé son autobiographie (en y décelant des erreurs !) et suivi avec assiduité toute sa carrière, a aujourd'hui décidé de ne plus être un fan aveuglé par son idole. Il s'en explique pendant de longues pages. Un document unique pour mieux appréhender l'étendue des sentiments extrêmes qui gravitent autour de Céline Dion.

Ils parlent d'elles

Andrea Boccelli
Chanteur d'opéra.

« J'avais un peu peur de chanter avec Céline Dion, car elle avait fait un travail magnifique avec Luciano [Pavarotti]. Elle a été très simple, très gentille avec moi, et surtout sa voix a tout de suite trouvé sa place à côté de la mienne. On a enregistré dans une ambiance très gaie, très joyeuse. Elle est très positive, elle amène une énergie qui vous donne une force rare [1]. »

Franco Dragone
Directeur du Cirque du Soleil et chorégraphe de son spectacle « A New Day... » à Las Vegas.

« C'est la première fois que je travaille avec la chanson comme matière première. Et je suis bien tombé. D'abord parce que Céline est la plus grande vedette de la chanson, un talent extraordinaire, mais aussi parce qu'elle est d'une ouverture et d'une disponibilité remarquables. Je comprends maintenant pourquoi Jean-Jacques Goldman se demande comment il pourra jamais travailler avec quelqu'un d'autre. [...] Lorsque j'ai rencontré Céline et René dans leur maison de Floride, il y a presque deux ans, j'ai ressenti une certaine magie. Une nouvelle alchimie en est née et celle-ci a inspiré le développement de notre partenariat et la création du show pour Céline. Depuis ce moment, nous travaillons au succès de son spectacle. Nous mettons tous notre talent au service de ce fabuleux projet [2]. »

---

1. Cité dans *La Stampa*, quotidien italien, en 2002.
2. Conférence de presse afférente à cette série de concerts, 2002.

Michel Drucker
Présentateur télé.

« J'ai rendez-vous avec l'artiste dont la rencontre restera comme l'un des souvenirs les plus marquants de ces quarante années. C'était en janvier 1984 : déjà étonné d'être encore là après vingt ans de télévision, je présentais une adolescente de 15 ans venue du Québec, où elle avait déjà connu quelques succès prometteurs. Vingt ans se sont donc écoulés depuis sa première apparition dans mon émission *Champs-Élysées*, devant plusieurs millions de téléspectateurs émus par sa voix déjà exceptionnelle et sa timidité de jeune fille mal dans sa peau. [...] Nous avons décidé de célébrer, le temps d'une soirée, ce double anniversaire : mes quarante ans de télévision et nos vingt ans d'amitié indéfectible. La télévision aura été la grande aventure de notre vie[1]. »

David Foster
Producteur musical préféré de Céline Dion pour ses albums anglophones.

« Quand j'ai voulu lancer un projet caritatif avec des artistes, Céline a été la première à accepter d'y participer gratuitement. Cette fille a le cœur sur la main, elle ne sait jamais dire non, surtout quand c'est pour une bonne cause. Et, musicalement, les enfants ont été très sensibles à sa voix, elle les a littéralement enchantés[2]. »

Garou
Chanteur et protégé de Céline Dion.

« René Angélil est vraiment très fort. Un grand pro. Et une présence physique. Un jour, j'ai assisté à une réunion en sa compagnie. Il y avait un énorme brouhaha autour de la table. René ne disait rien. Soudain, il a commencé à parler de sa voix douce, légèrement enrouée. Le silence s'est fait brutalement. Impressionnant ! Brando dans *Le Parrain*, en version plus honorable... Je suis comme le petit frère de Céline et le neveu de René. On épouse souvent sa cousine au Québec. Et on n'en fait pas un fromage[3] ! »

« Je n'ai pas seulement envie que Céline chante avec moi, je veux que Céline chante tout simplement. Quand on a été récompensés pour

---

1. Dans l'introduction de son entretien avec la chanteuse, dans *Paris Match*, en décembre 2004.
2. *Vicky Gabereau Show*, en 2003.
3. Dans un entretien à *FHM* en 2002.

"Sous le vent", j'étais heureux qu'elle sache que, pendant qu'elle pouponnait à domicile, elle existait toujours dans le cœur des Français. [...] Nous sommes de la même famille. Quand je rentre chez moi le soir, je demande à ma femme comment s'est passée la journée et elle me raconte tout. Avec Céline, c'est pareil. C'est une grande sœur, sans le côté donneuse de leçons [1]. »

Anne Geddes
Photographe.

« Chaque nouvelle vie est un vrai miracle. Je photographie des bébés afin de représenter et promouvoir les promesses inhérentes à un nouveau-né, le formidable potentiel d'un enfant pouvant s'épanouir en un être humain extraordinaire. C'est à la fois un plaisir et un privilège de mener le projet "Miracle" avec Céline, dont la voix reflète parfaitement notre amour partagé pour les enfants. Ensemble, nous générons un concept véritablement spécial et unique. En mélangeant ces deux éléments, je crois que nous donnerons forme à ce que l'on appelle le "Pouvoir de l'amour". Ce projet provient directement de nos deux cœurs [2]. »

« [...] Cette association est une alliance parfaite. Nous croyons que chaque nouvelle vie est véritablement un miracle. C'est un plaisir et un privilège de créer "Miracle" avec Céline dont le talent artistique de chanteuse reflète complètement notre amour partagé pour les enfants. [...] Céline a une telle présence, une telle aura féminine. Il y a une photo d'elle avec une fleur de lotus que j'adore ; elle est tellement intense, féminine, et fière avec son enfant. Au long de toutes les mises en place, comprenant plus d'une centaine de nouveau-nés, elle est restée parfaitement calme, sensible envers les enfants, pleine d'humour, ce qui nous a tous touchés. Pendant toutes les étapes du projet, Céline a été fantastique [3]. »

Jean-Jacques Goldman
Auteur, compositeur, interprète.

« J'avais vraiment très envie de répéter l'expérience avec Céline. Pour moi, c'est d'abord et avant tout un plaisir. Céline et moi, nous nous sommes reconnus dès les premiers instants. Nous sommes du même

---

1. Garou, dans un entretien avec *Télé 7 jours*, en 2002.
2. Conférence de presse de sortie de l'ouvrage livre/CD *Miracle*, en novembre 2004.
3. Entretien filmé pour le dossier de presse de Sony Music.

quartier, nous habitons le même monde. [...] En général, elle chantait tous les soirs, de 21 heures à une heure du matin. Nous avons fait deux ou trois chansons par soir. Avec elle, c'est formidable : ça va très vite. [...] Cette fois, on s'est permis d'aller plus loin dans certaines choses. On a demandé la participation de choristes classiques. Un orchestre philharmonique s'ajoute à la formation de base. On ne peut comparer cet album à "D'eux" : pour moi, ce n'est pas un deuxième album, ce sera toujours le premier [1]. »

« Travailler pour les autres, c'est vraiment par plaisir, je le fais quand c'est des personnalités qui me plaisent ; elle, je ne la connaissais pas, donc la seule chose qui m'intéressait beaucoup, c'était sa voix. [...] Cela faisait quinze ans qu'elle se produisait en France sans succès [...]. Nos chansons ne ressemblent pas du tout à ce que j'avais d'abord imaginé. Au départ je voulais faire un album très classique, quelque part entre Édith Piaf et Barbra Streisand. Mais en écoutant Céline, je me suis laissé inspirer par sa voix, je suis allé plus vers le blues et la soul. [...] Elle a compris en 2 temps, 3 mouvements, Céline a les qualités de ses défauts. Elle était portée aux fioritures vocales parce qu'elle est créatrice. Trop. Mais elle a gardé une capacité de proposition qui m'a vraiment étonné. Elle est capable de proposer des changements ou des ajouts à une mélodie, de l'animer, de jouer avec un motif, une phrase musicale. C'est une vraie musicienne, une grande artiste. [...] Il y a deux qualités chez Céline, d'abord une mémoire extraordinaire, elle a un don et c'est une musicienne. Elle se sert de sa voix comme d'un instrument. Je n'ai jamais travaillé avec des gens d'un tel niveau technique. Pas de problème de justesse, de tempo, elle se chauffe toute seule. Quand on lui donne une ligne mélodique, elle en improvise deux, quatre, toutes crédibles [2]. »

« C'est un tel calibre technique. Elle peut chanter n'importe quoi. Ce qui lui paraît très simple est impossible à d'autres. Elle a une technique impressionnante, et un énorme feeling. Au départ il y a un bagage technique – et je dis le mot en le pesant – hallucinant, extrêmement rare... Reconnu par le monde entier, d'ailleurs : Aretha Franklin a fait un duo avec elle. Toutes les stars en rêvent... [...] Céline, c'est deux concerts et un jour off, jamais quatre ou cinq concerts de suite. Avant d'entrer en studio, trois jours de mutisme total. Total ! Même pas demander son petit-déjeuner, tout écrit, tout ! Toujours les exercices, avant... Alors quand elle dit : "Je suis prête", elle est prête, pas besoin de chauffer la voix. Ça ne rigole pas [3]. »

1. Entretien à *La Presse*, journal québécois, en 1998.
2. À l'époque de *D'eux*, dans un entretien radiodiffusé sur Chérie FM.
3. Entretien à *Infomatin*, en 1995.

Anthony Kavanagh
Humoriste québécois, qui a assuré la première partie d'une tournée de Céline Dion.

« Céline Dion, c'est une grande dame de la chanson, une star internationale qui a su rester simple. C'est le Québec dans toute sa splendeur[1] ! »

Manuel
Un chanteur espagnol qui a enregistré « Nadie To entiende » avec la chanteuse québécoise.

« Tout est arrivé par hasard. Nous étions en train d'enregistrer à Los Angeles et dans le studio nous connaissions un producteur et compositeur hawaïen qui s'appelait Johnson. Il nous a invités quatre jours dans son studio sur l'île d'Oahu où la coïncidence a fait qu'il y avait Humberto Gatica, le producteur de Céline Dion, et aujourd'hui aussi le nôtre. [...] Pendant ces jours-là, Humberto Gatica a eu l'opportunité d'aller à Las Vegas où Céline Dion faisait son spectacle. Il lui a raconté l'histoire de la chanson *Nadie lo entiende*, où on parle des difficultés qu'a eues notre manager, il y a trois ans, après un accident, quand il est revenu chez lui en fauteuil roulant devant ses trois enfants. Elle a été très touchée. [...] La seule chose que je peux dire de Céline est que la grandeur commence par l'humilité et elle en est le meilleur exemple[2]. »

Eddie Marnay
Auteur.

« Les chansons sont comme les amitiés. Il faut savoir les aimer. Si le public les aime, c'est que tes auteurs t'auront aimée. Céline, ce que je veux te dire, c'est que si créateurs, orchestrateurs, techniciens, photographes, attachées de presse, réalisateurs ont su mettre dans ce nouvel album un peu de talent et beaucoup d'affection, ce n'est pas uniquement pour faire leur métier[3]... »

George Martin
Ancien producteur des Beatles.

« "Here, There And Everywhere" n'est pas seulement ma chanson préférée écrite par Paul Mac Cartney, c'est sûrement aussi la sienne, alors

---

1. Lu sur www.celineangelil.com.
2. Dossier de presse, 1999.
3. Dans la pochette de *C'est pour toi*.

d'en écrire un arrangement particulier pour une de mes voix préférées était une proposition intimidante. Je ne pense pas que Céline soit capable de faire quelque chose autrement que de façon parfaite, et j'étais ému d'écouter chaque prise chaque fois meilleure que la précédente. Nous avons finalement enregistré deux morceaux ensemble ; un pour mon album et un autre pour le sien. Les deux étaient formidables, et c'est une séance dont je me souviendrai[1]. »

Luciano Pavarotti
Chanteur d'opéra.

« Céline Dion est une des plus belles voix actuelles. Je ne comprends pas qu'on ait pu me reprocher de chanter avec elle : elle est au niveau des plus grandes voix du siècle, et j'ai éprouvé avec elle des émotions que je ne rencontre que très rarement avec des chanteurs lyriques. Notre rencontre a été comme une évidence, elle s'est faite de façon si naturelle que quand elle a commencé à chanter, c'est comme si nous nous étions connus depuis toujours. Je serai toujours disponible pour elle[2]. »

Istan Rozumny
Réalisateur du clip « Sous le vent », le titre de Céline Dion et Garou.

« Pour un réalisateur, c'est un rêve de travailler avec des gens d'un tel professionnalisme, tu leur demandes une chose une fois et ils la font correctement dès la première prise. Toutefois les deux artistes ont eu tellement de plaisir à tourner le clip que le tournage en a été retardé ! On se mettait à tourner et dès que Céline et Garou se regardaient, ils éclataient de rire, alors il fallait recommencer[3]. »

---

1. Dans le livret de *In My Life* (1998), album hommage aux quatre garçons de Liverpool.
2. Sur la chaîne italienne Rai Uno, en 2001.
3. Making-of « Sous le vent », Sony Music.

Céline Dion en dates

30 mars 1968
Céline Dion naît dans la petite ville de Charlemagne, à l'hôpital Le Gardeur de Repentigny, à quelques kilomètres de Montréal (Canada).

Août 1973
Première performance scénique de Céline Dion au mariage de son frère Michel. Elle interprète « Du fil, des aiguilles et du coton ». Elle chante par la suite jusqu'à la fin des années 1970 dans le bar familial, « Le Vieux Baril ».

1980
La famille de Céline Dion lui trouve un premier agent : Paul Levesque, qui est spécialisé dans le hard rock.

Janvier 1981
René Angélil, manager de Ginette Reno, reçoit une cassette démo de la jeune chanteuse, « Ce n'était qu'un rêve ». Il la rappelle seulement quelques minutes après l'avoir écoutée.

19 juin 1981
Première apparition télévisuelle de Céline Dion, dans le talk-show québécois de Michel Jasmin. Elle y interprète « Ce n'était qu'un rêve ».

Novembre 1981
Premier album de la chanteuse, *La voix du Bon Dieu*. Pour assurer la production du disque et sa promotion, René Angélil a hypothéqué sa maison. Il joue alors ses dernières cartes sur la carrière de la chanteuse.

Décembre 1981
Deuxième album, consacré cette fois-ci à Noël.

Octobre 1982
Nouvel album de la chanteuse, *Tellement j'ai d'amour*, écrit par Eddie Marnay. Le 31 octobre, elle remporte la victoire de la Meilleure Chanson Populaire dans un festival à Tokyo. C'est la première récompense de la jeune chanteuse.

Janvier 1983
Céline Dion va à Cannes avec René Angélil pour représenter le Canada avec son titre « D'amour ou d'amitié ». Elle fait grande impression sur la presse hexagonale. Elle est sélectionnée par Michel Drucker pour chanter un titre en direct dans l'émission *Champs-Élysées*. Sa carrière en France est lancée.

Avril 1983
Premier album français, sous forme de compilation, *Du soleil au cœur*.

Août 1983
Premier disque d'or en France pour Céline Dion qui vend plus de 600 000 singles « D'amour ou d'amitié ».

Septembre 1983
Elle reçoit au Québec des « Félix » pour son début de carrière retentissant.

Décembre 1983
Nouvel album de chants de Noël, *Chants et contes de Noël*.

Août 1984
Premier « grand » concert, pour le 450ᵉ anniversaire du pont Jacques-Cartier, à Montréal. Nouvel album, *Mélanie*, en hommage à Karine, sa nièce atteinte de fibrose kystique.

11 septembre 1984
Consécration pour la chanteuse de seize ans à peine : elle interprète « Une colombe » devant plus de 70 000 personnes dans le Stade olympique de Montréal, pour le pape Jean-Paul II.

Novembre 1984
Après le lancement du titre « Les oiseaux du bonheur » au Québec, elle s'essaie à la scène à Paris en première partie du spectacle de l'humoriste Patrick Sébastien, sur les planches de l'Olympia pendant trois mois.

Mars 1985
René Angélil se sort de ses problèmes financiers et lance Feeling Productions, afin de gérer les intérêts de la chanteuse.

Août 1985
Édition de l'album *C'est pour toi*, composé par Eddie Marnay.

Décembre 1985
Premier album *live*, enregistré lors de la tournée québécoise du printemps 85.

1986-1987
Un an et demi de congé pour la chanteuse. Elle commence à apprendre l'anglais en prévision d'une carrière américaine.

Avril 1987
Incognito, l'album du retour au-devant de la scène pour Céline Dion.

Juillet 1987
Duo avec la star américaine Dan Hill sur « Can't We Try ».

30 avril 1988
Céline Dion remporte le concours de l'Eurovision, sous l'étiquette suisse, à Dublin (Irlande). Elle y interprète « Ne partez pas sans moi » et devance à cette occasion Lara Fabian.

1989
Fin de l'apprentissage de l'anglais et enregistrement de l'album *Unison*, qui sortira fin mars 1990.

1990
Lancement de la carrière américaine de Céline Dion avec *Unison*, et tournée autour de cet album. Elle se casse la voix lors de ces concerts qui ont lieu en novembre 1990.

Mars 1991
Diffusion du téléfilm *Des fleurs sur la neige*, où Céline Dion tient le premier rôle. Elle gagne également le grand prix Juno, du meilleur artiste canadien.

Septembre 1991
Nouvel album autour des compositions de Luc Plamondon, *Des mots qui sonnent*. Le single « Ziggy » remporte un franc succès dans l'Hexagone.

Mars 1992
Bande originale du long-métrage animé *Beauty And The Beast*, produit par Disney. Elle remporte un Oscar de la meilleure chanson de B.O. Sortie du deuxième album anglais de la chanteuse, *Céline Dion*.

Juillet-août 1992
Tournée américaine en première partie de Michael Bolton.

Janvier 1993
Céline Dion chante pour la cérémonie d'investiture de Bill Clinton à la présidence des États-Unis.

Février 1993
Grammy de la meilleure chanson de bande originale.

Printemps-été 1993
Grande tournée canadienne de la chanteuse qui remplit désormais les plus grandes salles de concert de tout le pays.

Novembre 1993
Lancement de *The Colour Of My Love* à grand fracas puisque la chanteuse en profite pour annoncer sa liaison amoureuse avec son manager René Angélil.

Juin 1994
Seconde tournée américaine et japonaise, avec Michael Bolton.

Septembre 1994
Céline Dion retrouve l'Olympia, à Paris, mais cette fois en tête d'affiche. Un album *live* enregistré à cette occasion sort en décembre de la même année.

17 décembre 1994
Mariage en grande pompe de René Angélil et Céline Dion. La cérémonie religieuse a lieu à la basilique de Notre-Dame, à Montréal.

Mars 1995
Sortie de *D'eux*, première collaboration entre Jean-Jacques Goldman et la diva québécoise. Énorme succès dans tous les pays francophones et en Grande-Bretagne.

Printemps 1995
Ventes record pour la chanteuse : plus d'un million d'exemplaires vendus au Japon pour *The Colour Of My Love* ; même record au Canada et plus grosse vente de singles avec « The Power Of Love » en Angleterre.

Janvier 1996
Médaille des Arts et des Lettres remise à la chanteuse par Jacques Toubon.

Mars 1996
Sortie de l'album *Falling Into You*, qui touche aussi bien le marché anglophone que le marché francophone. Début d'une tournée mondiale qui dure plus d'un an.

19 juillet 1996
Céline Dion chante à l'ouverture des 100e jeux Olympiques à Atlanta et interprète une chanson officielle créée pour l'occasion, « The Power Of The Dream ».

Février 1997
Trois Grammy Awards pour l'album *Falling Into You* et le single « Because You Loved Me ».

Novembre 1997
Duo avec le ténor Luciano Pavarotti sur la chanson « Let's Talk About Love ».

Décembre 1997
Sortie de *Titanic*, film de James Cameron dont la chanson-titre est interprétée par Céline Dion « My Heart Will Go On » remporte un Oscar et devient le single le plus vendu au monde.

Printemps 1998
Céline Dion est nommée officier de l'Ordre du Québec puis officier de l'Ordre du Canada.

Septembre 1998
Sortie de *S'il suffisait d'aimer*, deuxième album de collaboration entre Céline Dion et Jean-Jacques Goldman. Deux mois plus tard, la chanteuse signe sa première composition dans l'album de Noël, *These Are Special Times*.

Début 1999
Tournée mondiale qui emmène la chanteuse en Amérique du Nord, en Europe et en Asie. Elle annonce son retrait pour la fin de l'année afin de se consacrer à la maternité.

Juin 1999
Deux soirées au Stade de France devant près de 100 000 spectateurs. Un album *live* sort trois mois plus tard.

31 décembre 1999
Céline Dion prend congé de son public lors du passage au nouveau millénaire et laisse toute l'équipe de Feeling Productions s'occuper d'un nouveau poulain, Garou.

5 janvier 2000
Mariage civil du couple Angélil-Dion dans le grand complexe hôtelier du Caesars Palace, à Las Vegas.

25 janvier 2001
Naissance de René-Charles Angélil, fils de René Angélil et Céline Dion, en Floride, à la clinique de West Palm.

25 juillet 2001
Baptême de l'enfant à l'église Notre-Dame de Montréal devant leur famille et des milliers de fans de la chanteuse, invités pour l'occasion.

21 septembre 2001
Céline Dion interprète « God Bless America », en hommage aux victimes du 11 septembre 2001.

Novembre 2001
Sortie du single « Sous le vent », duo avec Garou.

Mars 2002
Nouvel album, *A New Day Has Come*, qui signe son retour après plus d'une année de maternité.

Automne 2002
Répétitions du grand spectacle *A New Day in Las Vegas* avec Franco Dragone, créateur du Cirque du Soleil.

Janvier 2003
Décès d'Eddie Marnay, ami intime du couple et parolier de renom de la chanson française.

25 mars 2003
Premier spectacle de la résidence de Céline Dion au Caesars Palace de Las Vegas. Le spectacle va durer jusqu'à l'année 2007-2008. Lancement conjoint d'un nouvel album anglophone, *One Hear*.

Octobre 2003
Troisième album en collaboration avec Jean-Jacques Goldman, *1 fille et 4 types*. Succès mitigé malgré l'évidente nouveauté du disque.

30 novembre 2003
Décès d'Adhémar Dion, père de Céline et de ses treize frères et sœurs.

Novembre 2004
Sortie du livre-cd *Miracle*, en collaboration avec la photographe internationale Anne Geddes, et en hommage à l'enfance.

T a b l e

Annexes

DANS LA MÊME COLLECTION

687

Composition PCA – 44400 Rezé
Achevé d'imprimer en France (Ligugé) par Aubin
en mars 2005 pour le compte de E.J.L.
84, rue de Grenelle, 75007 Paris
Dépôt légal mars 2005

Diffusion France et étranger : Flammarion